Der geschmuggelte Ring

Christian Bieniek wurde 1956 in Dieburg geboren. Er lebt in Düsseldorf und schreibt Bücher für Kinder und Erwachsene.

Marlene Jablonski wurde 1978 in Danzig geboren. Sie arbeitet seit ihrem Abitur als freie Schriftstellerin in Düsseldorf.

Vanessa Walder wurde 1978 in Heidelberg geboren. Sie arbeitete für die österreichische Jugendzeitschrift TOPIC und lebt heute als freie Schriftstellerin in Wien.

Im Carlsen Taschenbuch ist in der Reihe *Zwei echte Profis* außerdem der Titel *Neun Entführungen und ein Todesfall* (CTB 254) lieferbar.

Christian Bieniek
Marlene Jablonski   Vanessa Walder

Zwei echte Profis

Der geschmuggelte Ring

CARLSEN

Veröffentlicht im Carlsen Verlag
Oktober 2003
Mit freundlicher Genehmigung des Ueberreuter Verlages

Umschlagbild: Karoline Kehr
Umschlaggestaltung: Doris K. Künster / Britta Lembke
Corporate Design Taschenbuch: Dörte Dosse
Gesetzt aus der Minion von H & G Herstellung, Hamburg
Druck und Bindung: Elsnerdruck, Berlin
ISBN 3-551-36255-6
Printed in Germany

Kapitel 1

Ich liebe solche verkorksten Tage!
Zum Frühstück gab es nicht nur Müsli und Kakao, sondern auch einen heftigen Streit mit meinen Eltern. Schuld daran war eine teure Porzellanvase, die meine Eltern zum zehnten Hochzeitstag geschenkt bekommen hatten, und unser neuer Staubsauger.
Heute Morgen wollte ich mit dem Staubsauger einen Judogriff ausprobieren. Als ich ihn durch die Luft wirbelte, stieß ich leider die Vase um. Wer hat eigentlich das dämliche Sprichwort *Scherben bringen Glück* erfunden? Mir haben sie nur Geschimpfe eingebracht.
In der Schule setzte sich meine Pechsträhne weiter fort. Erst bekam ich eine Klassenarbeit zurück – mit einer glatten Sechs! Angeblich hatte ich das Thema des Aufsatzes völlig verfehlt. Es lautete: *Ein grauenhaftes Erlebnis.*

Ich beschrieb unser Mittagessen vom vorletzten Sonntag, als meine Mutter ihre Schwester in Düsseldorf besuchte und mein Vater deshalb Koch spielen musste. Sein Gemüseeintopf hatte einfach widerlich geschmeckt! Vielleicht hätte ich ein paar total versalzene und knochenharte Bohnen ins Aufsatzheft kleben sollen. Eine kleine Kostprobe hätte unsere Deutschlehrerin bestimmt davon überzeugt, dass ich das Thema keineswegs verfehlt habe.

In Musik passierte die nächste Katastrophe.

Weil ich zu laut mit meinem besten Freund Murat geschwätzt hatte, musste ich nach vorne zum Klavier und der ganzen Klasse etwas vorsingen. Das einzige Lied, das mir einfiel, war *Alle meine Entchen*. Ich kam mir vor wie im Kindergarten. Alle grinsten mich saublöd an, sogar Bianca. Und ihre Freundin Lydia nervte mich anschließend mit lautem Gequake.

In der großen Pause verzog ich mich schmollend in die hinterste Ecke des Schulhofs, um in Ruhe eine Tüte Gummibärchen zu naschen. Doch ich Blödmann riss die Tüte so ungeschickt auf, dass der gesamte Inhalt in einer dreckigen Pfütze landete.

»Na, willst du den Gummibärchen das Schwimmen beibringen?«, rief Lydia, die natürlich genau im unpassendsten Moment auftauchte, zusammen mit ihrer besten Freundin Bianca.
Die beiden kicherten um die Wette. Ich drehte ihnen brüsk den Rücken zu und stapfte davon – um nur einen Meter weiter ausgerechnet mit Uwe zusammenzustoßen, dem größten Raufbold der ganzen Schule. Wütend verpasste er mir einen so kräftigen Schubs, dass ich zu Boden ging. Lydias Kichern wurde lauter, während Bianca verstummte. Als ich mich zu ihr umdrehte, lächelte sie mich mitleidig an. Und darüber ärgerte ich mich noch mehr als über Lydias Gegacker!
Jetzt auf dem Nachhauseweg ist meine schlechte Laune immer noch nicht verflogen.
»Meine Güte!«, regt sich Murat auf. »Mach nicht so ein finsteres Gesicht! Was ist schon großartig passiert?«
»Das weißt du ganz genau!«, brumme ich. »Ich Idiot hätte im Bett bleiben sollen! Heute hab ich nichts als Pech. Kurz nach dem Aufstehen ging es schon los mit dieser doofen Vase!«
»Wieso Pech? An der kaputten Vase bist du selbst schuld! Musstest du denn unbedingt mit dem

Staubsauger Judo üben? Das kannst du doch auch mit mir!«
»Von wegen!«, widerspreche ich gereizt. »Sobald ich dich auch nur mit den Fingerspitzen berühre, liege ich doch schon mit dem Rücken auf der Matte! Der Staubsauger ist viel leichter als du. Außerdem hat er sich nicht gewehrt.«
»Na toll!«
Wir unterbrechen unser Gespräch, weil gerade eine kräftige Sturmböe über uns hinwegfegt. Wären wir nicht mit den schweren Schultaschen bepackt, würde uns der Wind vielleicht bis nach Helgoland wehen. Das Wetter in Hamburg – darüber könnte ich jeden Tag einen Aufsatz zum Thema *Ein grauenhaftes Erlebnis* schreiben.
»Das ist ja ein richtiger Orkan!«, brüllt Murat. »Wenn wir jetzt auf hoher See wären, bräuchte ich mindestens drei Kotztüten!«
»Mir ist auch so schon schlecht genug!«, brülle ich zurück. »Wenn ich an Biancas mitleidiges Grinsen denke, kommt mir das ganze Essen von letzter Woche hoch!«
Murat schüttelt den Kopf und zeigt mir einen Vogel. Nicht am Himmel, sondern auf seiner Stirn.

Kurz darauf biegen wir in eine Seitenstraße ein, in der es nicht ganz so windig ist. Außerdem herrscht hier viel weniger Verkehr.
»Wird höchste Zeit, dass der Frühling kommt!«, maule ich und vergrabe die Hände in den Taschen. »Ich möchte endlich mal wieder ins Freibad.«
»Ich auch! Aber es ist ja erst Mitte Februar. Sollen wir übermorgen ins Hallenbad gehen? Heute und morgen kann ich leider nicht.«
»Und ich übermorgen nicht. Da hab ich nämlich eine Verabredung.«
Murat lächelt verschmitzt. »Mit Bianca?«
»Wieso?«
»Übermorgen ist doch Valentinstag.«
»Na und? Ich heiße Benedikt. Was hab ich damit zu tun, dass alle Valentins übermorgen Namenstag haben?«
Murat schaut mich verdattert an. »Spinnst du? Weißt du echt nicht, was der Valentinstag ist?«
»Nö«, gestehe ich.
»Das ist der Tag der Verliebten. Da musst du Bianca irgendwas schenken. Und sie dir.«
»Blödsinn!«, zische ich. »Was haben denn Bianca und ich mit Liebe zu tun?«

»Gar nichts!«, wiegelt Murat schnell ab und fängt dann an zu lachen.
»Halt die Klappe!«, warne ich ihn. »Sonst kannst du was erleben!«
»Was denn? Holst du deinen Staubsauger als Verstärkung und legst mich mit ihm zusammen aufs Kreuz?«
Ich balle die Fäuste in den Taschen und presse die Lippen aufeinander. Nein, ich hab keine Lust, mich mit Murat anzulegen. Mit seinem besten Freund kloppt man sich nicht! Vor allem dann nicht, wenn man viel schwächer ist.
»Mit wem bist du denn übermorgen verabredet?« Der neugierige Murat lässt einfach nicht locker. »Mit dieser verrückten alten Schachtel aus dem Heim?«
»Nein, mit der Frau Baronin von Stöver.«
»Die meine ich doch!«, sagt Murat. »An welchem spannenden Fall arbeitet ihr denn gerade? Ist ein Hamster aus dem Tierpark geklaut worden? Oder seid ihr auf der Suche nach dem geheimnisvollen Unbekannten, der im Stadtpark an einen Baum gepinkelt hat? Oder macht ihr etwa –«
»Ach du Schande!«, entfährt es mir plötzlich. Ab-

rupt bleibe ich stehen und starre mit ungläubigen Augen zur anderen Straßenseite hinüber.
Murat folgt meinem Blick.
»Bankräuber!«, murmelt er fassungslos. »Richtige Bankräuber! Schwer bewaffnet!«
Zwei Männer mit Wollmützen über dem Kopf und Maschinenpistolen in der Hand stehen vor dem Eingang einer Bank. Jede Sekunde kann der Überfall losgehen. Fieberhaft überlege ich, wie Murat und ich ihn verhindern könnten. Aber mein Gehirn ist wie gelähmt, so sehr hat mich der Anblick der beiden Gangster geschockt.
»Was sollen wir tun?«, frage ich Murat aufgeregt. »Die Polizei rufen?«
»Quatsch! Bis die hier sind, ist die Sache schon gelaufen. Los, komm!«
Ohne zu zögern rennt er los über die Straße, direkt auf die Bankräuber zu.
Ist der Kerl wahnsinnig geworden? Okay, Murat hat zwar einen gelben Gürtel, aber die beiden haben Maschinenpistolen. Und außerdem sind sie zu zweit. Wie will Murat sie außer Gefecht setzen? Hat er etwa vor, sie so lange mit Witzen zu bombardieren, bis sie verzweifelt das Weite suchen? Sein Mundwerk ist jedenfalls Murats gefährlichste Waffe.

Und genau die setzt er gerade ein. Er steht zwischen den beiden Ganoven und quasselt und quasselt und quasselt. O Mann, was soll der Blödsinn? Mein Freund redet sich bestimmt um Kopf und Kragen. Ich muss sofort zu ihm rüber und ihn in Sicherheit bringen.

»Hey, da ist ja Benedikt, mein bester Freund!«, ruft Murat aus, als ich bei ihm ankomme. »Seid bloß vorsichtig, sonst bricht er euch sämtliche Knochen. Wisst ihr, dass er der beste Judoka von ganz Deutschland ist? Gebt mal schnell die Waffen her und verpisst euch, sonst verwandelt sich Benedikt in eine gemeingefährliche Kampfmaschine.«

Die Männer fangen an zu lachen. Ich hingegen finde Murats Sprüche weniger komisch und flehe ihn mit Blicken an, die Klappe zu halten. Doch mein Freund ist nicht mehr zu stoppen.

»Los, her mit dem Spielzeug!«, kreischt er. »Ich brülle die ganze Stadt zusammen, wenn ihr nicht die Waffen fallen lasst. Hilfe! Hilfe!«, schreit er so laut, dass sich seine Stimme überschlägt. »Hilfe! Ein Banküberfall! Hilfe! Hilfe!«

In den Häusern ringsum werden reihenweise die Fenster aufgerissen. Dutzende Köpfe beugen sich heraus. Entsetzt schauen sie zu uns herunter.

»Was ist hier los?«, krächzt eine ältere Dame mit rosa Lockenwicklern im Haar, die anscheinend weniger beeindruckt ist als die anderen Leute.
»Ein Banküberfall!«, brüllt Murat. »Rufen Sie die Polizei!«
»Polizei!«, ruft die Frau. »Polizei!«
»Nein, am Telefon!«, schreit Murat. »Sie sollen die Polizei nicht rufen, sondern anrufen!«
Die Dame macht ein ratloses Gesicht. »Und wie ist die Nummer? 110 oder 112? Ich verwechsle immer die Polizei mit der Feuerwehr. Weißt du was, mein Junge? Ich rufe erst mal die Auskunft an, die wissen doch immer Bescheid.«
Ehe Murat etwas darauf erwidern kann, reißt sich einer der Männer die Wollmütze herunter und brüllt zu der Dame hinauf: »Lassen Sie Ihr Telefon in Ruhe! Wir drehen hier einen Film in der Sparkasse, aber diese beiden Witzbolde stören uns leider dabei.«
Eine Sekunde später stürmt ein blonder Mann mit riesigen Kopfhörern auf den Ohren aus der Bank.
»Wo bleibt ihr denn?«, schimpft er. »Ich hab schon längst *Aufnahme* gebrüllt. Wollt ihr, dass ich heiser werde?«

»Hey, ihr seid vom Fernsehen?« Murat strahlt die drei Männer an. »Habt ihr ein Glück! Wisst ihr, dass es in ganz Hamburg in den letzten hundert Jahren keinen größeren Komiker gegeben hat als mich? Und ich bin nicht nur ein witziger Hamburger, sondern auch ein superwitziger Cheeseburger, hahaha! Hört euch mal meine Gags an: Kommt eine Frau mit 'ner Krücke zum Arzt, donnert sie ihm auf den Kopf und sagt –«

»Verschwinde!«, knurrt der Wichtigtuer mit dem Kopfhörer. »Du störst uns bei der Arbeit!«

Murat breitet die Hände aus. »Okay, dann eben nicht!«, meint er beleidigt. »Dann lasse ich mich eben von RTL entdecken.«

Der Blonde grinst. »Wir *sind* von RTL, du Dummschwätzer!«

»Echt? Mein Lieblingssender ist sowieso PRO 7! Wie heißt die Schlaftablette, die garantiert immer wirkt? RTL! Ein Glück, dass ihr mich nicht entdeckt habt!«

Er zupft mich am Ärmel. Wir marschieren davon, verfolgt von dreistimmigem Gelächter.

»Und?«, fragt Murat hundert Meter weiter. »Wie war ich?«

»Echt peinlich!«

Er runzelt die Stirn. »Findest du? Die haben sich doch kaputtgelacht!«
»Na eben! Und weißt du, wieso?«
Murat winkt ab. »Ist doch egal! Hauptsache, sie haben gelacht!«

Kapitel 2

Genau vierundzwanzig Stunden später nervt Murat wieder mit dem bescheuerten Valentinstag …

»Bianca mag dich, das ist doch sonnenklar!«, behauptet er auf dem Heimweg. »Vorhin in der Pause hat sie es dir ja wohl mehr als deutlich gezeigt.«

»Hä? Wie denn?«

»Als wir an ihr und Lydia vorbeigingen, hat Bianca dich deutlich spüren lassen, wie sehr du ihr gefällst.«

»O ja!«, rufe ich spöttisch aus. »Indem sie mich wie Luft behandelt und keinen einzigen Blick in meine Richtung geworfen hat.«

»Sie wollte dich nicht ansehen«, ereifert sich Murat, »sonst hätten ihre Augen ihre Liebe zu dir verraten.«

Wenn Murat nicht aufhört mit dem Gewäsch, verraten seine Augen gleich auch was: dass ihm jemand voller Wut ein Veilchen verpasst hat.

»Komm, schenk ihr was zum Valentinstag!«, drängt mich Murat. »Sie wird sich bestimmt wahnsinnig drüber freuen.«
»Du willst doch nur, dass ich mich lächerlich mache!«, fauche ich ihn an. »Warum kaufst *du* denn nicht was zum Valentinstag und schenkst es dem Menschen, den *du* liebst?«
Murat schaut mich fragend an. »Wen liebe ich denn?«
»Dich selbst!«
»Sehr komisch!«, brummt Murat.
»Außerdem: Was soll ich Bianca denn schenken? Ein paar Gänseblümchen? Eine Currywurst? Eine Badekappe? Ich hab doch keine Ahnung, worüber sie sich freuen würde.«
»Darüber zum Beispiel!«
Murat bleibt vor dem Schaufenster stehen, an dem wir gerade vorbeikommen, und zeigt auf einen Zettel mit der Aufschrift: CHIPSTÜTE MIT RING!
»Damit kannst du nichts falsch machen«, meint er. »Wenn sie den Ring nicht mag, freut sie sich vielleicht über die Chips. Und umgekehrt.«
Allerlei merkwürdiger Krimskrams liegt in dem kleinen Schaufenster, in das Murat und ich schon öfter einen Blick geworfen haben: Pappnasen, Plas-

tikschwerter, knallbunte Haarreifen und grässliche Holzmasken. Dort, wo der Zettel hängt, stapeln sich jede Menge Chipstüten mit der Aufschrift *Nachos*.

»Die kommen aus Südamerika«, erklärt Murat fachmännisch. »Meine Brüder verschlingen diese Chips tonnenweise, zusammen mit einer ekelhaften Soße!«

»Hast du sie schon mal probiert?«

Murat nickt und verzieht angewidert das Gesicht. »Danach wollte ich die Feuerwehr rufen, so sehr hat meine Zunge gebrannt!« Er schüttelt sich. »Bianca sollte die Nachos lieber ohne Soße futtern.«

»Sie wird sie überhaupt nicht futtern!«, erwidere ich und gehe weiter. »Warum sollte ich Geld für sie ausgeben? Ich bin doch nicht verrückt!«

»Aber verliebt! Und das ist so ziemlich das Gleiche!«, stichelt Murat.

Zum Glück trennen sich kurz darauf unsere Wege.

»Tschüs!«, ruft mir mein Freund zum Abschied zu. »Und gib dir gefälligst Mühe bei den Matheaufgaben!«

»Wieso?«

»Damit ich morgen früh nicht die falschen Lösungen von dir abschreibe.«

Ich schaue ihm hinterher, bis er um die nächste Ecke verschwunden ist. Dann renne ich zurück zu dem kleinen Geschäft mit den Chips im Schaufenster.
Beim Öffnen der niedrigen Tür ertönt eine schrille Klingel. Es ist so dunkel hier drin, dass ich kaum was erkennen kann. Viel größer als unser Wohnzimmer dürfte der Laden nicht sein. Er ist voll gestopft mit allem möglichen Klimbim.
Hinter der schäbigen Holztheke entdecke ich einen uralten, glatzköpfigen Mann in einem weißen Kittel. Er trägt eine randlose, runde Brille mit dicken Gläsern. Die Augen dahinter sehen aus, als würden sie in winzigen Becken schwimmen, so wässrig sind sie.
»Guten Tag!«, begrüßt er mich freundlich. »Kann ich dir helfen, mein Sohn?«
Sohn ist gut! Er könnte der Vater der Baronin sein.
»Ich hätte gern eine Tüte Chips«, sage ich. »Die mit dem Ring.«
Er zeigt zum Schaufenster. »Such dir eine aus.«
»Okay.«
Nachdem ich die oberste Tüte vom Stapel genommen habe, gehe ich zur Kasse an der Theke.

»Was kostet die denn?«, frage ich.
»Wie viel Geld hast du denn?«, fragt der Mann zurück.
»Fünf Euro.«
»Dann kostet sie fünf Euro«, erklärt er, worauf ich meinen Fünfer auf die Theke lege. Er nimmt ihn, kramt in einer Schublade herum und gibt mir drei Euro zurück.
»Das war nur ein Scherz!«, kichert der Mann. »Hättest du auch fünfzig Euro für die Tüte bezahlt, wenn du so viel Geld in der Tasche gehabt hättest?«
»Nein.«
»Bist du sicher?«
»Nein«, gestehe ich und fange nun ebenfalls an zu kichern.
Ich verabschiede mich und verlasse den Laden. Kaum habe ich die Tür hinter mir geschlossen, vergeht mir schlagartig das Lachen.
Murat!
»Aha, ich hab's gewusst!«, meint er höhnisch. »Du willst Bianca also doch was schenken.«
»Irrtum!« Ich reiße die Tüte auf. »Das ist ein Geschenk für meinen leeren Magen!«
Ich greife hinein und stopfe mir eine Hand voll Chips in den Mund. Beim ersten Biss hätte ich

beinahe laut aufgeschrien. Der Ring! Hoffentlich sind alle meine Zähne noch heil.
Vorsichtig kaue ich weiter. Als ich die Chips hinuntergeschluckt habe, nehme ich unauffällig den Ring aus dem Mund und stecke ihn in die Tasche. Murat hat nichts davon gemerkt, so sehr ist er mit Futtern beschäftigt. Er hat mir schon längst die Tüte aus der Hand gerupft. Sein Geschmatze ist lauter als der Straßenverkehr.
»Wo war denn der Ring?«, wundert er sich, nachdem er den letzten Krümel verputzt hat. »Hast du ihn etwa entdeckt?«
»Nein«, schwindle ich.
»Mensch, Benedikt! Das ist ja glatter Betrug! Sollen wir in den Laden zurückgehen und uns beschweren?«
»Das bringt nichts. Hinter der Theke steht so ein störrischer, alter Esel, der nicht ganz richtig im Kopf ist.« In Gedanken entschuldige ich mich bei dem netten alten Mann für meine fiesen Lügen. »Der hat überhaupt keinen Schimmer, was er da verkauft.«
»Ach Quatsch! Der verstellt sich bloß, wetten? In Wirklichkeit ist das garantiert ein abgebrühter Ganove!«

»Meinst du?«

Murat nickt eifrig. »Weißt du was? Du und die Baronin, ihr habt einen neuen Fall!«

Kapitel 3

Am Tag darauf gehe ich mal wieder ins Seniorenheim, um die Baronin zu besuchen.

Wir haben es einem Auto zu verdanken, dass wir miteinander befreundet sind. Der Fahrer dieses Wagens rammte ein anderes Auto und beging daraufhin Fahrerflucht. Zufällig wurde der Unfall von der Baronin und mir beobachtet. Wir beide merkten uns die Autonummer. Und nachdem wir uns auf der Polizeiwache kennen gelernt hatten, merkten wir noch was: dass wir das gleiche Hobby haben – Krimis!

Seitdem lösen wir zusammen Fälle, und das recht erfolgreich. Das Problem ist nur, dass wir nie genug Fälle auftreiben können. Die einzigen Täter, die wir in den letzten Wochen überführt haben, stammen aus Büchern. In der kleinen Wohnung der Baronin stapeln sich die Krimis bis an die Decke, sogar auf dem Klo.

Die Baronin begrüßt mich mit einem kräftigen Händedruck und einem schwachen Lächeln.
»Unser Tee fällt heute leider aus, mein Junge«, erklärt sie bedauernd. »Ich muss zum Arzt. Willst du mich dorthin begleiten?«
»Gerne. Was fehlt Ihnen denn?«
Ihre Antwort besteht aus einem tiefen Seufzer. Sie nimmt ihren schwarzen Wintermantel vom Kleiderbügel. Nachdem sie ihn angezogen und zugeknöpft hat, schnappt sie sich ihre Handtasche.
»Gehen wir!«
Als sie die Wohnungstür abschließt, ruft Herr Hoffmann vom anderen Ende des Flurs: »Eine Sekunde, Frau Baronin!«
»Was will denn dieser aufdringliche Kerl schon wieder von mir?«, zischt mir die Baronin zu, während sie die Wohnungsschlüssel in ihrer Handtasche verschwinden lässt.
Herr Hoffmann kommt näher, einen Strauß Blumen in der linken und eine Schachtel Pralinen in der rechten Hand.
Mit einem strahlenden Lächeln verbeugt er sich vor der Baronin, streckt die Arme aus und sagt: »Bitte sehr!«

»Hab ich heute Geburtstag?«, knurrt die Baronin. »Was soll ich denn mit dem Gemüse und diesem ungesunden Zuckerzeug?«
»Heute ist Valentinstag«, flötet Herr Hoffmann. »Darf ich Ihnen das hier überreichen?«
Die Baronin macht immer noch keine Anstalten, die kleinen Aufmerksamkeiten entgegenzunehmen.
»Valentinstag?«, wiederholt sie mürrisch. »Das ist doch der Feiertag für Liebende! Sagen Sie mal, Herr Hoffmann, haben Ihre neuen Medikamente vielleicht irgendwelche schlimmen Nebenwirkungen, zum Beispiel Gehirnerweichung? Soweit ich weiß, sind wir beide nicht ineinander verliebt.«
»Nun ja – äh –«, windet sich Herr Hoffmann. »Manchmal ist die Liebe eine ziemlich einseitige Angelegenheit, wenn ich mal so sagen darf.«
»Sie dürfen sagen, was Sie wollen!«, entgegnet die Baronin unwirsch. »Aber ich muss Ihnen nicht unbedingt zuhören. Her damit!« Sie reißt Herrn Hoffmann den Strauß und die Pralinen aus der Hand. »Vielen Dank, auf Wiedersehen!«
Damit wendet sie sich an mich. »Hol den Schlüssel aus meiner Handtasche und schließ auf! Ich

muss das Zeug reinbringen, dann können wir verschwinden.«

Herr Hoffmann verschwindet ebenfalls, und zwar auf ganz leisen Sohlen.

Huscht da tatsächlich ein Lächeln über das Gesicht der Baronin, als sie ihrem Verehrer hinterherschaut?

Ein paar Minuten später sind wir draußen auf der Straße und kämpfen gegen den eisigen Wind.

»Das Wetter ist mal wieder scheußlich!«, schimpft die Baronin. »Aber es passt genau zu dieser scheußlichen Erfindung.«

»Welcher Erfindung?«

»Dem Valentinstag! Den haben sich Blumenhändler und andere clevere Geschäftemacher ausgedacht, damit die Leute wieder mal sinnlos ihr Geld verplempern. Wie kann ein intelligenter Mensch wie Herr Hoffmann bloß auf diesen Quatsch reinfallen? Als ob ein paar Pralinen was an meinen Gefühlen für ihn ändern könnten!«

»Welchen Gefühlen?«

»Vergiss es!« Die Baronin macht ein grimmiges Gesicht. »Versprich mir, dass du dich niemals an diesem Valentinsmist beteiligen wirst. Das ist reine Geldverschwendung!«

»Keine Angst!«, beruhige ich sie. »Für so einen Schwachsinn würde ich keinen Cent ausgeben.«

»Huhu, Benedikt!«, ruft in diesem Moment eine Mädchenstimme hinter mir.

Statt mich umzudrehen beschleunige ich meinen Gang. Die Baronin hält mich am Ärmel fest und zwingt mich zum Stehenbleiben.

»Warte mal! Da ruft dich jemand!«

Und schon ist Bianca zur Stelle, mit ihrem Hund Flipper an der Leine. Er schnuppert an meinen Schuhen und wedelt dabei mit seinem winzigen Schwänzchen. Freut er sich etwa über meine Käsefüße?

»Hast du mich nicht gehört?«, wundert sich Bianca. »Dem armen Flipper wäre beinahe das Trommelfell geplatzt, so laut habe ich deinen Namen geschrien.«

»Wahrscheinlich hat er zu viel Schmalz in den Ohren«, vermutet die Baronin. »Bist du nicht Bianca aus Benedikts Klasse?«

»Ja. Und Sie sind die Baronin. Wir haben uns schon mal gesehen.«

»Stimmt.«

Die beiden schütteln sich die Hand. Plötzlich stutzt die Baronin und betrachtet mit großen Augen Biancas Ringfinger.

Am liebsten würde ich auf der Stelle im Boden versinken!

»Wie der glitzert!«, staunt die Baronin und starrt den Ring an. »Wo hast du den denn her?«

»Von Benedikt«, verrät Bianca lächelnd. »Hat er mir heute in der großen Pause geschenkt. Zum Valentinstag«, fügt sie leise hinzu und schielt dabei verlegen zu ihrem Flipper hinunter. Der knabbert gerade an meinem rechten Schnürsenkel herum.

»Zum Valentinstag?«, wiederholt die Baronin und stemmt die Hände in die Hüften. »Da machst du solche kostbaren Geschenke?«

Ich winke schnell ab. »Das ist ein ganz billiges Teil. Ja, ehrlich! Der Ring war so 'ne Art Zugabe in einer Chipstüte.«

»Unmöglich!« Die Baronin glaubt mir kein Wort. »Den musst du deiner Mutter geklaut haben. Oder einer deiner Omas.« Sie greift nach Biancas Hand und nimmt den Ring genauer unter die Lupe. »Wenn das kein echter Diamant ist, fresse ich unseren Heimfraß!«

»Ein echter Diamant?« Ich schüttle energisch den Kopf. »Sie müssen sich irren!«

»Nix da! Ja, zugegeben, ich selbst bin zwar ein bisschen irre, aber wenn es um Schmuck geht, irre ich mich nie. Ich schwöre es euch: Dieser Ring ist ein kleines Vermögen wert!«

Bianca ist total baff. »Im Ernst?«

»Jawohl«, sagt die Baronin. »Pass bloß gut auf ihn auf, mein Fräulein! Und verrate niemandem, wie kostbar er ist, verstanden?«

»Keine Angst!«

Die Baronin wirft einen Blick auf die Uhr. »Wir müssen weiter zum Arzt. Kommst du mit?«, fragt sie mich. »Oder möchtest du lieber deine Freundin begleiten?«

»Ich komme mit, weil ich meine Freundin begleiten will«, antworte ich, worauf Bianca prompt einen Schmollmund zieht, der Baronin kurz zunickt und dann eilig die Straße überquert.

Kaum ist sie verschwunden, packt mich die Baronin am Kragen und zischt: »Mein Gott! Bist du denn komplett übergeschnappt? Wo hast du diesen Ring her? Hast du auch nur einen blassen Schimmer, was der kostet?«

»Genau zwei Euro!«, antworte ich. »Glauben Sie mir: Der Ring war in einer Tüte Nachos!«

»Unsinn!«

»Ich kann Ihnen das Geschäft zeigen, in dem ich die Tüte gekauft habe.«

»Auf diesen Laden bin ich jetzt schon gespannt!«, erklärt sie mit leuchtenden Augen. »Ein neuer Fall – vielleicht ist das genau die richtige Medizin, die ich gerade brauche. Aber zum Arzt muss ich jetzt trotzdem.«

»Wieso eigentlich?«, frage ich zum zweiten Mal an diesem Tag. »Was fehlt Ihnen denn?«

»Gesundheit, was sonst?«, erwidert die Baronin giftig und setzt sich in Gang. »Oder meinst du, ich will mir vom Arzt einen neuen Haarschnitt verpassen lassen?«

Kapitel 4

Auch am nächsten Tag will mir die Baronin nicht verraten, ob sie krank ist.

»Wie geht's Ihnen denn?«, erkundige ich mich, als wir uns wie verabredet um Punkt halb vier gegenüber meiner Schule treffen.

»Dumme Frage!«, brummt sie nur. »Siehst du nicht, dass ich schon längst tot bin?«

»Hä?«

»Solange ich noch durch die Gegend laufen kann, geht's mir gut!«, erklärt sie. »Einigermaßen jedenfalls«, fügt sie mit schwachem Lächeln hinzu.

»Was hat denn der Arzt gestern gesagt?«

»Guten Tag und auf Wiedersehen. Und jetzt genug gequatscht über meine Gesundheit. Wenn sie sich verschlechtert, bekommst du eine schriftliche Benachrichtigung, okay?«

»Wirklich?«

Die Baronin nickt. »Und zwar in einem Umschlag mit schwarzem Rand. Los, gehen wir! Du musst mir diesen Laden unbedingt zeigen. Ich will mir nämlich auch einen echten Diamanten für zwei Euro kaufen. Vielleicht leiste ich mir sogar zwei oder drei! So ein Sonderangebot wird einem nicht alle Tage gemacht.«

Auf dem Weg zu dem Geschäft fällt mir auf, dass die Baronin nicht ganz so große und schnelle Schritte macht wie sonst. Normalerweise hetzt sie durch die Straßen. Heute spaziert sie gemächlich den Bürgersteig entlang. Ob sie Probleme mit ihren Beinen hat? Zu gern würde ich sie danach fragen. Aber die Baronin würde garantiert nicht darauf antworten.

Sie möchte noch einmal ganz genau wissen, wie mein Besuch in dem düsteren Laden abgelaufen ist. Und was ich mit dem Mann hinter der Theke gesprochen habe.

»Nichts Besonderes. Ich hab die Chips gekauft und bezahlt.«

»Das war alles?«

»Ja!«, versichere ich ihr. »Das heißt, beim Bezahlen hat der Mann einen kleinen Scherz mit mir gemacht. Er wollte wissen, wie viel Geld ich in der

Tasche habe. Und diesen ganzen Betrag sollte ich für die Chipstüte zahlen. Dabei kostete sie nur zwei Euro.«

»So ein alter Gauner!«, regt sich die Baronin auf »Ein Kind übers Ohr hauen zu wollen!«

»Moment mal!«, protestiere ich. »Erstens bin ich kein Kind mehr.«

»Sondern?«

»Ich bin zehn!«

»Also ein Kind!«, stellt die Baronin ungerührt fest. »Und zweitens?«

»Zweitens hat der Mann mich gar nicht betrogen. Auf den Fünfer gab er mir ja drei Euro heraus.«

»Weil er im letzten Augenblick von seinem schlechten Gewissen gequält wurde.«

»Und drittens bin ich *wirklich* kein Kind mehr!«

»Das hatten wir schon unter Punkt eins geklärt«, sagt die Baronin. »Wo ist denn nun endlich dieses merkwürdige Geschäft? An der Nordsee?«

»Nein, dahinten links.«

Kurz darauf stehen wir vor dem Schaufenster, das schon seit Jahren nicht mehr geputzt worden ist, und halten vergeblich Ausschau nach den Nachostapel. Sie sind genauso verschwunden wie der Zettel mit der Aufschrift: CHIPSTÜTE MIT RING!

»Sind wir überhaupt richtig hier?«, wundert sich die Baronin. »Du hast doch gesagt, da lagen mindestens dreißig Tüten.«
»Das stimmt auch! Anscheinend hat er sie alle verkauft in den letzten zwei Tagen.«
»Hm. Die anderen Sachen im Schaufenster sehen so aus, als lägen sie seit über zwei Jahren hier drin.«
Die Baronin hat Recht. Vor allem die Holzmasken und die Pappnasen sind von einer dicken Staubschicht überzogen.
»Weißt du was, Benedikt? Hier ist irgendwas faul.«
»Allerdings.«
»Komm, wir fühlen diesem greisen Ganoven mal auf den Zahn!«
Beim Öffnen der Tür wird die Baronin so sehr von der schrillen Klingel erschreckt, dass sie heftig zusammenzuckt und sich ans Herz fasst. Sie bleibt stehen, schaut zu Boden und atmet ein paar Mal tief durch.
»Alles in Ordnung?«, frage ich besorgt.
»Ja, ja!«, grummelt die Baronin.
An dem angriffslustigen Funkeln in ihren Augen erkenne ich, dass sie wieder ganz die Alte ist.
»Was soll dieser höllische Krach, den Ihre Türklingel macht?«, faucht sie den Mann hinter der Theke

an, der auch heute wieder einen weißen Kittel trägt. »Wenn ich jetzt mit einem Herzinfarkt zusammengebrochen wäre, hätte das Ordnungsamt Ihren Saftladen sofort dichtgemacht!«
»Ach, so schnell stirbt man nicht«, versucht der Mann sie zu beruhigen. »Kann ich Ihnen helfen?«
Die Baronin nähert sich meinem Ohr und flüstert: »Ist das der Kerl?«
»Nein, ich bin kein Kerl«, erklärt der Mann. »Ich bin Herr Mönkeberg. Früher, ja, da war ich mal ein Kerl. Und was für einer! Aber jetzt ist kaum noch was mit mir los. Vor allem nicht mit meinen Knochen und meinen Augen. Dafür funktionieren meine alten Ohren umso besser.«
»Wie Sie uns soeben eindrucksvoll bewiesen haben«, gesteht die Baronin eine Spur freundlicher. »Erinnern Sie sich an diesen jungen Mann hier?«
»Aha!«, melde ich mich prompt zu Wort. »Jetzt bin ich also ein junger Mann. Und vor fünf Minuten war ich angeblich noch ein Kind. Was denn nun? Sie müssen sich schon entscheiden, Frau Baronin!«
»Baronin?« Herrn Mönkebergs wässrige Augen hinter den superdicken Brillengläsern geraten in Bewegung. »Sind Sie etwa von Adel?«

»Jawohl«, entgegnet die Baronin würdevoll. »Ich bin eine von Stöver.«
»Ach! Dann kennen Sie sicher den kürzlich verstorbenen Herzog von Jevensen-Fröderborg. Ich war fünfzig Jahre sein Gutsverwalter auf Schloss Ammersing.«
»Kennen ist zu viel gesagt. Oder zu wenig. Der Herzog und ich waren um ein paar Ecken verwandt, aber begegnet sind wir uns nie. Ich wohne auch nicht in einem Schloss, sondern etwas schlichter.«
»In einem Altersheim«, sage ich, weil ich auch gerne mitreden möchte.
Die Baronin ist nicht sonderlich begeistert über meine Auskunftsfreudigkeit. Statt weiter über ihre weit verzweigten Familienbande zu sprechen, kommt sie ohne Umschweife zum Thema Nachos.
»Dieser Knabe hier hat vorgestern eine Tüte Chips bei Ihnen gekauft«, fängt sie an. »Da war ein Ring drin. Den fand ich so schön, dass ich auch gern so eine Tüte haben möchte.«
»Tja, da kommen Sie leider um drei Stunden zu spät«, sagt Herr Mönkeberg und breitet bedauernd die Arme aus. »Die hat eben jemand komplett aufgekauft.«

Die Baronin und ich wechseln einen überraschten Blick.

»Wie – aufgekauft?«, fragt die Baronin.

»Ein Mann kam rein und wollte alle Tüten haben, die im Schaufenster liegen«, erfahren wir von dem ehemaligen Gutsverwalter. »Das muss ein Nacho-Süchtiger gewesen sein.«

»Oder ein Schmuckfachmann«, murmelt die Baronin nachdenklich.

»Wieso Schmuck?« Herr Mönkeberg schüttelt den Kopf. »Die Ringe in den Tüten waren doch sicher nur billiges Zeug und nicht mal fünf Cent wert. Also ich hätte mir diese Ware auf keinen Fall bestellt.«

»Wie meinen Sie das?«

»Die Kiste mit den Chips ist irrtümlich bei mir gelandet«, erzählt der alte Mann. »Die war wohl für einen anderen Laden bestimmt. Ich wollte natürlich sofort bei der Spedition anrufen, aber da stand keine Adresse auf der Kiste. Und den Lieferzettel konnte ich nicht mehr finden. Tut mir sehr Leid, gnädige Frau Baronin! Diese Chips müssen Sie sich in einem anderen Laden besorgen.«

»Wie sah der Mann denn aus, der die Chips aufgekauft hat?«, frage ich und ärgere mich darüber, dass ich kein Notizheft eingesteckt habe. Okay, mein Gedächtnis ist zwar so gut, dass ich mir auch ohne Notizen alles merken kann. Aber wenn ich jetzt einen Kuli und ein kleines Heft zücken könnte, würde ich wie ein Detektiv bei der Zeugenbefragung aussehen.

»Das war ein ganz merkwürdiger Kerl«, sagt Herr Mönkeberg. »Untersetzt, bullig und glatzköpfig. Und im T-Shirt – bei dem Wetter!«

»Wahrscheinlich hatte er sein Auto direkt vor der Tür geparkt«, vermutet die Baronin.

»Meinen Sie? Dann kann er aber die Chips nicht zufällig beim Vorbeigehen im Schaufenster gesehen haben.«

Die Baronin lächelt. »Das war auch nicht nötig. Dieser Bursche wusste ganz genau, dass Sie die Chips haben. Da können Sie Gift drauf nehmen.«

»Nehme ich sowieso schon jede Menge«, behauptet Herr Mönkeberg. »Und zwar in Form von Tabletten. In unserem Alter stopfen uns die Ärzte ja voll mit dem Zeug.«

Die Baronin zieht es vor, nicht näher darauf einzugehen.

»Hatte der Mann sonst noch was Auffälliges an

sich?«, bohrt sie weiter. »Eine Narbe? Schiefe Zähne? Eine ausgeprägte Gurgel?«

»Eine Tätowierung am Oberarm, aber das hilft Ihnen sicher nicht weiter. Da stand nur der Name seiner Freundin drauf.«

»Und wie hieß die?«, erkundige ich mich.

»Serafina, wenn ich richtig gelesen habe.«

Die Baronin wechselt noch ein paar nette Worte mit Herrn Mönkeberg. Dann verabschiedet sie sich höflich mit Handschlag von ihm und wünscht ihm alles Gute.

»Wünsche ich Ihnen auch, Frau Baronin«, ruft Herr Mönkeberg aus. »Hoffentlich weht Sie der Wind des Schicksals noch einmal in meinen bescheidenen Laden.«

»Kann schon sein«, meint die Baronin und wendet sich zur Tür.

»Eine Sekunde noch«, bittet der alte Mann hinter der Theke, worauf die Baronin und ich stehen bleiben und uns zu Herrn Mönkeberg umdrehen.

»Ja?«, fragt die Baronin.

»Warum sind die Nachos so wichtig für Sie? Oder ist das etwa ein Geheimnis?«

»Erraten! Auf Wiedersehen!«

Wir verlassen den Laden. Draußen hat es zu regnen begonnen. Nachdem die Baronin ihren riesigen Schirm aufgespannt hat, machen wir uns auf den Weg zum nächsten Taxistand. Die Baronin möchte nicht mit der S-Bahn zurück ins Heim fahren.

»Sehr verdächtig, das Ganze!«, sage ich. »Finden Sie nicht auch?«

»Das wird eine harte Nuss«, meint die Baronin. »Fragt sich bloß, ob wir nicht lieber die Finger von ihr lassen sollen. Die Sache könnte ganz schön gefährlich werden.«

»Wieso?«

»Hast du nicht gehört, wie der Typ aussieht, der die Chips gekauft hat? Den würde ich nicht unbedingt zu mir zum Tee einladen.«

»Ich auch nicht. Aber wer weiß, vielleicht finden wir ihn gar nicht.«

Die Baronin grinst mich an. »Wir haben ihn bereits!«

»Blödsinn! Wir haben doch nur diesen Namen.«

»Das ist nicht nur ein Name, mein Junge«, sagt die Baronin. »Das ist auch eine Straße und eine Hausnummer.«

»Hä?«

»Morgen um fünf treffen wir uns dort, einverstanden?«
Ich schaue die Baronin verdattert an. »Wo?«
»Im *Serafina*, wo sonst?«

Kapitel 5

»Macht die blöde Tür auf!«, brülle ich einen Tag später, als ich zusammen mit der Baronin vor dem Eingang vom *Serafina* stehe. So heißt eine runtergekommene Bar in einer schäbigen Seitenstraße irgendwo im tiefsten St. Pauli.

»Aufmachen, ihr feige Bande da drin!«, brülle ich wütend. »Sonst trete ich die Tür ein!«

Da nichts geschieht, muss ich wohl meinen Worten Taten folgen lassen.

Mit einem wuchtigen Tritt hämmere ich die Tür aus den Angeln. Als Erster betrete ich die schummrige und verqualmte Bar. An zwei, drei Tischen sitzen einige höchst merkwürdige Gestalten. Eine davon hat sich gerade erhoben und durchbohrt mich mit drohenden Blicken. Kein Zweifel: Das muss der Kerl sein, der alle Nachostüten gekauft hat.

»Was willst du hier?«, schreit er mich mit seiner Reibeisenstimme an. »Geh auf den Spielplatz 'ne

Runde schaukeln, du Hosenscheißer! Hier ist Zutritt verboten für so 'n kleines Kind wie dich!«

»Kind?«, wiederhole ich voller Zorn. »Kind?« Ich halte eine Hand hinter mein rechtes Ohr. »Hab ich da richtig gehört? Sag das noch mal, dann nehme ich erst dich und dann den ganzen Laden hier auseinander!«

»Kind! Kind! Kind! Kind! Kind!«

Wie ein Tiger stürze ich mich auf das Großmaul und setze ihn mit einem einzigen, sauberen Judogriff außer Gefecht. Als er mit dem Rücken auf den harten Boden kracht, stößt er einen lauten Schmerzensschrei aus. Hm, hat nicht richtig fallen gelernt.

Sofort springen zwei seiner Kumpane von ihren Stühlen und greifen mich an. Sekunden später leisten sie ihrem Freund Gesellschaft und ächzen und jammern mit ihm um die Wette.

»Na, will noch jemand *Kind* zu mir sagen?«, zische ich und schaue in die Runde. »Höre ich hier noch einmal dieses eklige Wort?«

»Beruhige dich, mein Kind!«, ertönt plötzlich die Stimme meiner Mutter. »Das ist nur ein böser Traum!«

Wieso Traum?

Total verwirrt öffne ich die Augen. Wo bin ich? Im Bett! Die Nachttischlampe brennt. Meine Mutter hat sich über mich gebeugt und streicht mir über die Stirn.

»Was – was war denn los, Mutti?«

Sie lächelt. »Du hast gebrüllt und wild um dich geschlagen. Was hast du denn Schlimmes geträumt? Und wer ist Serafina?«

»Eine Bar in St. Pauli, die ich gerade aufgemischt habe.«

Sie schüttelt den Kopf. »So ein Unsinn! Seit wann treibst du dich denn in Bars rum?«

»Seit morgen«, antworte ich gähnend und schließe wieder die Augen. »Sag mal, Mutti, bin ich eigentlich noch ein Kind?«

Von der Antwort bekomme ich leider nichts mit, weil ich schon wieder eingeschlafen bin ...

Als ich Murat am nächsten Morgen auf dem Schulweg von dem Traum erzähle, kriegt er sich nicht mehr ein vor Lachen.

»Benedikt, das Judomonster!«, kreischt er. »Legt sich mit den gefährlichsten Ganoven von ganz St. Pauli an und macht sie alle platt. Und ich dachte, nur Staubsauger und Blumenvasen hätten Angst vor deinen Judokünsten!«

Am liebsten würde ich Murat packen und auf den Bürgersteig schleudern, doch das würde unserer Freundschaft nicht gut bekommen. Und meinen Knochen erst recht nicht! Murat würde sich nämlich besser zu wehren wissen als die finsteren Typen, die ich in meinem Traum reihenweise zu Boden geschickt habe.

Murat will weiter lästern, doch in diesem Moment werden wir von Lydia und Bianca überholt.

»Mensch, Murat!«, faucht Lydia meinen Freund an. »Dein Gewieher ist ja bis zum Hafen zu hören! Lachst du mal wieder über deine eigenen Witze?«

»Ich würde ja lieber über deine lachen, wenn du endlich mal welche machen würdest«, gibt Murat zurück.

»Sehr komisch!«, ist alles, was Lydia dazu einfällt. Sie und Bianca beschleunigen ihre Schritte.

Ob Bianca mich angesehen hat? Keine Ahnung. Ich meinerseits hab mich nämlich nicht getraut, auch nur einen einzigen Blick in ihre Richtung zu werfen. Schuld daran ist das Telefon.

Gestern hab ich Bianca angerufen. Zum allerersten Mal!

Erst traute ich mich nicht, ihre Nummer zu wählen. Mindestens eine halbe Stunde lang strich

ich unentschlossen um das Telefon herum. Dann holte ich schließlich ganz tief Luft, griff mit feuchten Händen nach dem Hörer, wählte mit zitternden Fingern die richtige Nummer, hörte Biancas Stimme am anderen Ende der Leitung – und legte blitzschnell wieder auf.

Mein Herz raste wie verrückt, als ich zehn Minuten später den zweiten Versuch startete.

Als sie sich meldete, ratterte ich in rasendem Tempo meinen Text herunter: »Hallo, hier ist Benedikt. Ich soll dir von der Baronin ausrichten, dass du niemandem was von dem Ring erzählen und ihn nicht mehr tragen sollst. Den Grund dafür erfährst du bald.«

»Okay.«

Es folgte eine endlose Pause, in der ich ebenso verzweifelt wie vergeblich nach Worten suchte.

»Wolltest du mir sonst noch was sagen?«, fragte Bianca nach einer halben Ewigkeit.

»Wiederhören!«, murmelte ich verlegen und unterbrach blitzschnell die Verbindung.

Zugegeben: Sehr rege war unser Gespräch nicht unbedingt gewesen. Aber seit diesem Anruf gestern haben Bianca und ich etwas gemeinsam – ein Geheimnis.

»Sie liebt dich nicht mehr!«, behauptet Murat, nachdem die beiden Mädchen um die nächste Ecke gebogen sind.
»Wer?«
»Na wer wohl? Bianca natürlich! Oder ist dir etwa nicht aufgefallen, dass sie deinen Ring nicht mehr trägt?«
»Ach, das hat nichts zu bedeuten«, wiegle ich ab, um dann entrüstet hinzuzufügen: »Warum sollte sie mich denn lieben, du Spinner? Mit so einem Quatsch will ich nichts zu tun haben, kapiert?«
Der belustigte Blick, den Murat mir zuwirft, bringt mich auf die Palme.
»Glotz nicht so dämlich!«, fahre ich ihn an. »Sonst darfst du gleich deine Matheaufgaben von meinem Hintern abschreiben!«

Kapitel 6

Was ist bloß mit der Baronin los?

Ich sitze ihr in der S-Bahn gegenüber. Seit ich sie vor zehn Minuten im Heim abgeholt habe, sind kaum drei Sätze zwischen uns gefallen.

Ich schaue aus dem Fenster, werfe der Baronin aber häufig kurze Seitenblicke zu. Wie ein Häufchen Elend hockt sie auf ihrem Platz, völlig in sich zusammengesunken und ohne jegliches Interesse für ihre Umgebung. Sonst entgeht ihr nie auch nur die geringste Kleinigkeit, wenn ich mit ihr zusammen unterwegs bin. Aber jetzt könnte ein lila Känguru durch die S-Bahn hüpfen, ohne dass die Baronin was davon mitkriegen würde.

Sollen wir unsere Ermittlungen in diesem Fall nicht lieber verschieben? Oder ganz die Finger davon lassen? Die Baronin hat selbst gesagt, dass die Sache gefährlich werden könnte. Wenn sie nicht ganz fit ist, wäre es doch sicher klüger, wenn wir zur Polizei gehen und ihr die Geschichte mit dem echten Diamanten in der Nachostüte erzählen würden.

Falls es sich tatsächlich um einen echten Diamanten handelt …

Inzwischen bin ich mir da nicht mehr ganz sicher. Vielleicht hat sich die Baronin getäuscht. Schließlich ist sie derzeit nicht im Vollbesitz ihrer Kräfte. So schlaff und erschöpft wie heute habe ich sie noch nie erlebt. Aber das kann ich ihr natürlich nicht direkt sagen, sonst würde sie explodieren wie eine Rakete. Oder sie würde nur müde nicken und das würde mich noch mehr erschrecken.

»Ich hab keine Lust auf diesen Fall«, fange ich langsam an und zeige auf den blauen Himmel. »Heute ist doch so schönes Wetter. Sollen wir 'ne Hafenrundfahrt machen? Oder mal wieder in den Tierpark gehen? Da war ich schon ewig nicht mehr.«

»Ich auch nicht«, erwidert die Baronin, während sie aufmerksam ihren linken Daumennagel betrachtet. »Und weißt du, wieso? Weil es da stinklangweilig ist. Und todtraurig. Was für ein Vergnügen soll das denn sein, eingesperrte Tiere anzuglotzen?«

»Und was halten Sie von einem Bummel durch die City?«, schlage ich vor.

Da hebt die Baronin den Kopf, lächelt mich an und sagt: »Gib dir keine Mühe, mein Junge! Ich gehe jetzt ins *Serafina*, auch wenn du glaubst, dass ich kurz nach dem Reinkommen durch einen Schwächeanfall zu Boden sinken werde.«
»Aber Ihnen geht es doch nicht gut!«, wage ich zu behaupten, worauf sich die Baronin mit der rechten Hand durch die kurzen, grauen Haare fährt und einen Seufzer ausstößt.
»Ehrlich gesagt hab ich keine Ahnung, wie es mir geht«, gesteht sie zögernd. »Das wird gerade untersucht. Wenn das Ergebnis da ist, verrate ich es dir. Es sei denn, ich möchte es lieber für mich behalten«, fügt sie mit ernster Miene hinzu.
Ich nicke und verkneife mir weitere Fragen.
Zwei Stationen weiter müssen wir raus. Anscheinend kennt sich die Baronin hier in St. Pauli ganz gut aus. Ohne zu zögern biegt sie in die nächste Seitenstraße ein. Die Gegend sieht längst nicht so schäbig aus wie in meinem Traum. Und auch das *Serafina* wirkt nicht wie die heruntergekommene Spelunke, von der ich letzte Nacht geträumt habe, sondern erweist sich als ganz normale Kneipe. Von außen jedenfalls.

»Warum gehen wir nicht rein?«, frage ich die Baronin, die vor der Tür stehen geblieben ist.
»Irgendwie hab ich ein mulmiges Gefühl bei der ganzen Sache«, gibt sie zu. »Es könnte sein, dass wir Ärger mit richtig fiesen Ganoven kriegen.«
»Super!«
»Freu dich nicht zu früh!«, warnt mich die Baronin. »Was wir vorhaben, ist kein Kinderspiel.«
»Das will ich hoffen!«, entgegne ich grimmig. »Schließlich bin ich kein Kind mehr.«
Um ehrlich zu sein, entsprechen meine tapferen Sprüche nicht dem Gefühl in meiner Magengrube. Da drin zieht und zuckt es nämlich ganz schön vor Angst.
Die Baronin schüttelt den Kopf. »Was ist so schlimm daran, ein Kind zu sein? Ich wäre gerne noch mal zehn Jahre alt.«
»Wirklich?«
»Na klar!«
»Dann müssten Sie jeden Tag in die Schule«, gebe ich zu bedenken. »Und dauernd Hausaufgaben machen. Und sich mit Ihren Eltern rumstreiten.«
»Okay, ich wäre gerne noch mal zwanzig!«, erklärt sie lachend. »Und jetzt gehen wir endlich in die

Kneipe und suchen den Kerl mit der Tätowierung. Aber achte drauf, dass du nichts Falsches sagst. Wir hören uns nur ein bisschen um, verstanden?«

»Verstanden.«

»Wir stellen ein paar Fragen und hauen dann wieder ab. Es gibt keine Beschuldigungen oder Verdächtigungen.«

»Und auch keine Kloppereien!«, verspreche ich ihr.

Sie sieht mich fragend an.

»Ich habe heute Nacht geträumt, ich hätte den ganzen Laden auseinander genommen«, verrate ich ihr. »Sie hätten mich kämpfen sehen müssen! Einen Ganoven nach dem anderen hab ich mit meinen Judogriffen außer Gefecht gesetzt. Und gleich am Anfang hab ich diese Tür hier eingetreten.«

»Lass uns lieber die Klinke benutzen«, schlägt die Baronin vor und streckt die Hand aus. Doch im letzten Moment greift sie doch nicht zu, sondern öffnet die Handtasche und zückt ihr Handy.

»Was soll das?«, frage ich.

»Kleine Vorsichtsmaßnahme«, murmelt sie, während sie eine Nummer wählt, und zwar die von Herrn Hoffmann.

»Hier ist Frau von Stöver«, meldet sich die Baronin. »Ich hätte da eine kleine Bitte. Könnten Sie die Polizei verständigen, wenn ich mich in einer Stunde nicht bei Ihnen gemeldet habe? Die sollen nach Benedikt und mir in der Kneipe *Serafina* suchen. In St. Pauli.«

Was Herr Hoffmann dazu zu sagen hat, scheint der Baronin nicht zu behagen. Auf ihrer Stirn erscheinen ein paar ungemütliche Falten.

»Regen Sie sich doch nicht so auf, Herr Hoffmann!«, beschwört sie ihren Verehrer. »Wir begeben uns nicht in Lebensgefahr. Es geht zwar um einen ziemlich kniffligen Fall, aber mit Mördern haben wir nichts zu tun.«

Kurz und knapp verabschiedet sie sich von ihm. Als sie das Handy in ihrer Handtasche verschwinden lässt, wirft sie mir einen genervten Blick zu.

»Wahrscheinlich hätte er am liebsten sofort dic Polizei verständigt, damit sie uns davon abhält, die Kneipe zu betreten«, brummt sie. »Warum hat der Kerl so eine Riesenangst um mich?«

Ich öffne den Mund, doch ehe ich ein Wort rauskriege, zischt die Baronin: »Halt die Klappe!«

Kapitel 7

Die Baronin greift nach der Klinke und reißt schwungvoll die Tür auf.
Nein, hier drin ist es nicht halb so schummrig und verqualmt wie in meinem Traum. Das *Serafina* ist eine ziemlich helle und mit modernen Tischen und Stühlen eingerichtete Kneipe mit rund einem Dutzend Gästen. Keiner von ihnen sieht auch nur entfernt wie ein Ganove aus. Die meisten von ihnen scheinen Rentner oder Studenten zu sein.
Hinter der Theke steht eine Frau mit endlos langen, blonden Haaren. Geschminkt ist sie wie ein Kanarienvogel; und sie hat einen Schmetterling auf den linken Oberarm tätowiert. Sie trägt ein hautenges T-Shirt mit einem offenherzigen Ausschnitt. So einen riesigen Busen habe ich noch nie im Leben gesehen!
»Wo sollen wir uns hinsetzen?«, frage ich die Ba-

ronin, die sich neugierig nach allen Seiten umgeschaut hat.

»An die Theke. Von dort haben wir den besten Überblick. Außerdem sollten wir versuchen den blonden Kanarienvogel zum Zwitschern zu bringen.«

Der Barhocker ist so hoch, dass meine Füße in der Luft baumeln. Nachdem sich die Baronin neben mir niedergelassen hat, bestellt sie zwei Tassen Tee.

»Kann ich nicht lieber eine Cola haben?«, maule ich.

»Da ist zu viel Zucker drin.«

»Na und? Ich mag Zucker!«

»Dein Körper aber nicht. Außerdem sind wir nicht zum Trinken hier, sondern wegen dem Glatzkopf.«

»Der ist nicht da«, erkläre ich nach einem Blick über die Gäste. »Alle haben Haare.«

»Das könnten Perücken sein.« Sie beugt sich zu mir herab und flüstert mir ins Ohr: »Der Busen von der Blondine ist auch nicht echt.«

»Nicht echt?«

»Hast du noch nie was von Silikon gehört?«

Darauf kann ich nicht antworten, weil wir in diesem Moment den Tee serviert bekommen.

»Danke«, sagt die Baronin freundlich. »Hätten Sie vielleicht etwas Süßstoff?«

»Aber natürlich«, antwortet die Blondine mit einer erstaunlich tiefen, rauchigen Stimme. »Zu viel Zucker ist ungesund.«

»Sag ich auch immer.«

Außer uns sitzt niemand an der Theke. Da die Blondine dauernd unterwegs ist, um die anderen Gäste zu bedienen, können wir uns ungestört unterhalten.

»Wie lange sollen wir denn auf den Mann warten?«, frage ich.

»Mindestens eine Stunde. Aber wenn er hier Stammkunde ist, kennt ihn die Barfrau bestimmt. Ich weiß bloß nicht, wie ich sie möglichst unauffällig ausquetschen soll. Die ist bestimmt mit allen Wassern gewaschen.«

»Und die duften sogar richtig gut«, erwidere ich. »Was ist denn das für ein Parfüm?«

»Eau de Reeperbahn«, knurrt die Baronin. »Also ganz billiges Zeug.«

Weil die Barfrau wieder hinter der Theke auftaucht, können wir nicht weiter über sie reden. Sie dreht uns den Rücken zu und spült ein paar Gläser.

»Ich war schon mal vor ein paar Jahren hier«, erfahre ich von der Baronin. »Zusammen mit einer Freundin, die in der Nähe wohnte. Inzwischen ist sie umgezogen.«

»Wohin?«

»Auf den Friedhof.«

Ich hasse solche Witze! Darum gehe ich auch nicht näher darauf ein, sondern lasse meine Blicke durch die Kneipe schweifen und sage: »Schöner Laden hier! Und er hat auch einen schönen Namen. So hätte ich meine Schildkröte nennen sollen. Serafina. Serafina. Serafina«, wiederhole ich mehrmals.

»Ja?«, sagt plötzlich die Blondine und dreht sich um.

Die Baronin stutzt. »Sie heißen Serafina?«

Die Blondine nickt. »Genau wie meine Kneipe.«

»Das ist aber ein seltener Name«, meint die Baronin. »Bis jetzt ist er mir nur einmal untergekommen, und zwar auf einem Oberarm.«

Die Barfrau zieht eine Augenbraue in die Höhe.

»Ich meine eine Tätowierung«, fährt die Baronin fort. »Irgend so ein bulliger Glatzkopf hat sich Ihren wunderschönen Namen auf seinen Arm ritzen lassen.«

»Dieser Bulle ist mein Freund«, sagt die Blondine lächelnd.

Volltreffer!

»Allerdings ist er kein Bulle«, fügt sie hinzu und hält ein Bierglas unter den Zapfhahn. »Wo ist er Ihnen denn über den Weg gelaufen?«

»Im Hallenbad«, schwindelt die Baronin, woraufhin Serafina ein ungläubiges Gesicht macht.

»Irren Sie sich auch nicht?«, fragt sie die Baronin. »Dort würde sich Horst niemals blicken lassen.«

»Horst?« Weil ich mich auch ins Verhör einschalten will, tue ich so, als wäre ich total erstaunt. »Meinen Sie etwa Horst Jochbrink, den Torwart vom FC St. Pauli?«

»Nein, den meine ich nicht«, antwortet die blonde Serafina.

»Sondern?«

Klar, ich möchte gern den Nachnamen ihres Freundes erfahren, aber mein Versuch war einfach zu plump. Die Barfrau mustert mich mit eisiger Miene und sagt: »Es gibt noch was viel Ungesunderes als Zucker, mein Lieber.«

»Und das wäre?«

»Zu große Neugier!«

Sie stellt das volle Bierglas auf ein Tablett und

stöckelt auf ihren hohen Absätzen zu einem der Tische am Fenster. Die Baronin und ich schauen ihr hinterher. Ihr Hintern ist mindestens so ausladend wie ihre Brüste. Ob der auch nicht echt ist?

»Wir hätten vorsichtiger fragen sollen«, raunt mir die Baronin zu. »Jetzt ist sie misstrauisch geworden. Wetten, dass sie diesen Horst gleich anruft und ihm erzählt, dass sich eine Oma und ein Kind für ihn interessieren?«

»Ich bin kein Kind!«

»Und ich keine Oma! Aber genau das wird sie ihm trotzdem am Telefon sagen.«

»Nein, wird sie nicht«, widerspreche ich. »Sie sagt es ihm ohne Telefon!«

Soeben ist nämlich dieser Horst in die Kneipe spaziert, mit einem älteren Herrn mit grauen Löckchen im Schlepptau. Kaum haben sich die beiden an einem Tisch in der hintersten Ecke niedergelassen, eilt Serafina zu ihrem Horst und küsst ihn auf den Mund. Dann erzählt sie ihm etwas, worauf Horst einen finsteren Blick in unsere Richtung wirft.

»Ach du Schande!«, murmle ich total nervös. »Gleich können wir was erleben!«

»Ruhe bewahren!«, ermahnt mich die Baronin. »Uns kann überhaupt nichts passieren.«

»Wieso nicht?«

»Du bist doch der beste Judokämpfer von Hamburg.«

»Ja, aber nur im Traum!«

Serafina kommt zurück hinter die Theke und hantiert an der Kaffeemaschine ohne uns eines Blickes zu würdigen. Ich behalte sowohl sie als auch ihren Horst im Auge. Der unterhält sich mit dem älteren Herrn, der einen blauen Anzug, ein weißes Hemd und eine weiße Krawatte mit grünen Dollarzeichen trägt. Auf seiner linken Wange entdecke ich eine schlangenförmige Narbe.

Serafina serviert den beiden zwei Tassen Kaffee. Nachdem Horst einen Schluck getrunken hat, steht er auf, zieht seine schwarze Lederjacke aus und hängt sie über seinen Stuhl. Er trägt ein weißes T-Shirt und rote Jeans. Seine Oberarme sind etwa viermal so breit wie meine. Und was seine Oberweite betrifft, so kann er es fast mit der seiner blonden Freundin aufnehmen. Allerdings ist sein Brustkasten nicht mit Silikon gefüllt, sondern mit Muskeln.

Anstatt sich wieder hinzusetzen kommt er auf uns

zu. Vor Angst stockt mir glatt der Atem. Die Baronin trinkt einen Schluck Tee. Dabei fällt mir auf, dass ihre rechte Hand zittert.

»Sie wollen mich im Hallenbad gesehen haben?«, schnauzt Horst die Baronin ohne Umschweife an. »In welchem denn? Und wann?«

Die Baronin zuckt mit den Schultern. »Keine Ahnung. Alte Leute sind sehr vergesslich.«

Horst grinst sie höhnisch an. »Und sehr schusselig! Wahrscheinlich haben Sie sich bloß eingebildet, Sie hätten mich irgendwo gesehen. Wer sind Sie überhaupt?«

»Frau Baronin von Alzheimer. Und Sie?«

»Das geht Sie einen feuchten Dreck an!«

Er kehrt zurück an seinen Tisch.

»Zahlen!«, ruft die Baronin der Blondine zu, die gerade ein Glas Cola einschenkt.

»Drei Euro siebzig!«

»Vier!«, sagt die Baronin und legt einen Fünfer auf die Theke.

Serafina nimmt das Geld. »Ich nehme nicht von jedem Gast Trinkgeld.«

»Wirklich nicht?«, gibt die Baronin spitz zurück. »Womit wollen Sie denn dann Ihre nächste Schönheitsoperation bezahlen?«

»Raus hier!«, zischt die Barfrau wütend und knallt einen Euro dreißig auf die Theke.

»Vielen Dank für die nette Bedienung!«, sagt die Baronin freundlich und rutscht vom Barhocker. »Wir werden Sie unseren Freunden weiterempfehlen. Vor allem unseren grünen Freunden, wenn Sie verstehen, was ich meine.«

»Hä?«, macht die Blondine verständnislos.

Die Baronin kichert. »Man kann sich übrigens auch am Hirn operieren lassen. Das macht zwar nicht schöner, aber schlauer. Auf Wiedersehen!«

Trotz der dicken Schicht Schminke auf Serafinas Gesicht ist deutlich zu erkennen, dass sie knallrot anläuft. Hasserfüllt starrt sie uns an. Wenn wir nicht schleunigst abhauen, fliegt uns gleich die Kaffeemaschine um die Ohren. Ich packe den rechten Arm der Baronin und ziehe sie hinter mir her zur Tür. Beim Rausgehen schaue ich kurz zu Horst hinüber. Das Kraftpaket kümmert sich nicht um uns, sondern unterhält sich mit dem älteren Herrn.

Draußen auf der Straße bleibt die Baronin erschöpft stehen und blinzelt in die Sonne.

»War das anstrengend!«, ächzt sie. »So ein Barhocker ohne Lehne ist die Hölle für mein armes Kreuz!«

»Dabei war alles umsonst. Wir haben nur erfahren, wie der Kerl heißt, der die Nachos gekauft hat.«

»Irrtum!« Die Baronin zeigt auf einen schwarzen Kombi, der schräg gegenüber dem Serafina parkt. »Wir wissen jetzt auch, für wen er arbeitet.«

Auf dem Kombi steht in großen Buchstaben ZÖBEL GMBH. IM- UND EXPORT. Daneben sind die Umrisse eines großen Schiffes gezeichnet.

»Woher wollen Sie wissen, dass ihm das Auto gehört?«

»Lies mal das Nummernschild.«

Natürlich steht HH drauf: Hansestadt Hamburg. Und danach die vier Buchstaben ORST.

»Alle Achtung!«, lobe ich die Baronin. »Das hätte ich völlig übersehen. Was machen wir denn jetzt?«

»Gar nichts. Heute ist Freitag. Übers Wochenende hat unser Detektivbüro geschlossen. Am Montag besuche ich dann einen alten Freund, der früher mal Schauspieler werden wollte, aber keinen Funken Begabung dazu hatte. Dafür ist was anderes aus ihm geworden.«

»Was denn?«

»Hafendirektor.« Sie atmet tief durch und hakt sich dann bei mir ein. »Du spielst jetzt meinen Krückstock und bringst mich zur Haltestelle.«

»Fühlen Sie sich denn nicht gut?«

»Ruhe!«, faucht die Baronin. »Krückstöcke können nicht reden!«

Kapitel 8

Eigentlich geht das Wochenende ganz gut los.
Am Samstag weckt mich meine Mutter erst zum Mittagessen. Sie streicht mir über den Kopf und sagt: »Aufstehen, du Schlafmütze! Es gibt Pasta!«
Mit einem Satz springe ich aus dem Bett und flitze in die Küche.
»Raus hier!«, kommandiert mein Vater, der bereits am Esstisch sitzt. »Im Schlafanzug wird nicht gefuttert.«
Grummelnd rase ich wieder zurück in mein Zimmer und schlüpfe in meine Klamotten.
Kurz darauf sitze ich zwischen meinen Eltern und verschlinge im Rekordtempo meine Spaghetti.
»Warum beeilst du dich so?«, wundert sich meine Mutter. »Hast du was Wichtiges vor?«
»Ja: noch eine Portion essen!«, antworte ich kauend und hebe meinen schon wieder leeren Teller in die Luft.

Lachend schaufelt mir meine Mutter eine weitere Ladung Spaghetti darauf. Ich mampfe drauflos, als hätte ich soeben eine dreiwöchige Fastenkur beendet.
Mein Vater schüttelt den Kopf. »Wenn ich so viel verdrücken würde wie du, würde ich nicht mehr hinter das Lenkrad passen.«
Er ist Taxifahrer. Das heißt, eigentlich ist er Obstbauer. Er hat zwar noch nie Obst angebaut, träumt aber schon seit Jahren von einer eigenen Obstplantage irgendwo im Süden. Dafür sparen meine Eltern jeden Cent. Ich hoffe, dass sie die entsprechende Summe niemals zusammenkriegen werden. Okay, ich bin zwar gerne in Spanien oder Italien, aber nur für ein paar Ferienwochen – nicht für ein ganzes Leben.
Meine Mutter arbeitet als Kindergärtnerin. Leider. Ab und zu vergisst sie nämlich, dass ich keiner dieser nervigen Brüllaffen bin, von denen sie jeden Vormittag geärgert wird. Ja, Tatsache: Manchmal behandelt sie mich wie ein Kleinkind.
Auch heute nach dem Essen. Kaum habe ich den letzten Bissen verschlungen, fragt sie mich: »Sollen wir gleich Plätzchen backen? Ich mache den Teig und du darfst dann die Förmchen ausstechen.«

»O super!«, ärgere ich mich. »Und was machen wir anschließend? Memory spielen? Oder steckst du mich mit einer rosa Gummiente in die Badewanne?«
»Da solltest du wirklich mal wieder rein!«, kontert sie. »Aber nicht mit 'ner Ente, sondern mit einem großen Stück Seife. Wann hast du dich eigentlich zum letzten Mal so richtig zwischen den Zehen gewaschen?«
»Äh –«
Zum Glück klingelt in diesem Augenblick das Telefon. Ich rase in den Flur und greife nach dem Hörer.
Die Baronin ist dran. Sie hat nur eine kleine Bitte, die sich allerdings anhört wie ein Befehl.
»Wird erledigt!«, verspreche ich ihr. »Morgen kümmere ich mich darum.«
»Warum erst morgen? Mach's lieber jetzt gleich. Auf Wiederhören!«
Sie legt auf. Ich auch. Dann greife ich wieder zum Hörer. Mein Herz klopft wie verrückt. Meine Hände sind so heiß, als hätten sie zehn Minuten lang im Mikrowellenherd gelegen. Mein rechter Zeigefinger verwandelt sich in einen Zitteraal, als er sich den Tasten nähert.

Warum bin ich so verdammt nervös?
Richtig geraten: weil ich Bianca anrufen soll. Das letzte Telefongespräch mit ihr liegt mir noch schwer im Magen. Diese schreckliche Schweigepause, die einfach kein Ende fand ... Außerdem muss ich Bianca diesmal etwas ausrichten, was sie garantiert wütend machen wird. Und auf ihr Geschimpfe habe ich absolut keine Lust!
Darum knalle ich den Hörer auf den Apparat und verschiebe die ganze Aktion auf den Nachmittag.
Am Nachmittag verschiebe ich die ganze Aktion auf den Abend.
Am Abend verschiebe ich die ganze Aktion auf den nächsten Vormittag.
Am nächsten Vormittag verschiebe ich die ganze Aktion auf den Nachmittag.
Am Nachmittag ziehe ich meine Sportschuhe an, nehme den Anorak vom Garderobenhaken und mache mich auf den Weg zum kleinen Park hinter der Kirche. Dort führt Bianca immer ihren kleinen Hund Gassi. Wenn ich Glück habe, läuft sie mir zufällig über den Weg.
Aber erst mal habe ich ein Riesenpech – denn ausgerechnet Murat kommt mir entgegen!

»Was machst du denn hier?«, fragen wir beide uns gleichzeitig.
Wir müssen kichern. Dann boxt mich Murat leicht in die Seite und meint: »Hältst du etwa Ausschau nach deiner geliebten Bianca?«
»Wie kommst du denn darauf?«
»Na hör mal! Was willst du denn sonst am Sonntagnachmittag hier im Park? Gehst du etwa spazieren?«
»Und du?«
»Ich bin mit meiner Tante Fadime verabredet. Erinnerst du dich? Ich hab dir mal von ihr erzählt. Sie ist Fotografin.«
»Stimmt. Was hat sie denn mit dir vor?«
»Was wohl?« Murat strahlt übers ganze Gesicht. »Sie will mich knipsen und in ihre Kartei aufnehmen. Ob du es glaubst oder nicht: Sie hält mich für echt fotogen!«
Doch, das glaube ich. Murat sieht wirklich alles andere als hässlich aus.
»Kann sein, dass ich mal ein berühmtes Model werde«, fantasiert er. »Aber keine Angst: Ich werde dich trotzdem nicht vergessen. Wenn du irgendein Problem hast, ruf einfach eine meiner Sekretärinnen an. Ich ruf dann zurück, wenn ich mal Zeit habe.«

»Sehr großzügig, du Blödmann!«
Plötzlich hebt er die Hand und ruft: »Hier bin ich, Fadime!«
Wahnsinn! Seine Tante sieht selbst aus wie ein Model. Sie ist groß und schlank und hat lange, schwarze Haare, dunkle Augen und dunkelrote Lippen.
»Das ist mein Freund Benedikt«, stellt er mich ihr vor. »Sieh ihn dir mal an. Na, könnte er auch Model werden?«
Fadime lächelt mich leicht verlegen an und meint: »Klar, warum nicht? Das Aussehen ist nicht so wichtig wie das Charisma.«
»Er sieht also nicht besonders gut aus?«, bohrt Murat sofort nach.
»Charisma ist viel wichtiger«, wiederholt Fadime und schaut dann hinauf zum diesigen Himmel. »Hör zu, Murat, wir fahren lieber in mein Studio. Für Außenaufnahmen haben wir heute nicht das richtige Licht.«
»Ist gut. Kommst du mit?«, fragt mich Murat.
»Keine Zeit«, antworte ich und verabschiede mich von den beiden.
Die Fotografin nickt mir freundlich zu, während mir Murat ins Ohr zischt: »Jetzt fang bloß nicht

an zu heulen, Kumpel! Nicht jeder kann so schön sein wie ich!«

So ein eingebildeter Affe! Grimmig schaue ich ihm und seiner Tante hinterher, bis sie aus meinem Blickfeld verschwunden sind. Dann setze ich mich wieder in Bewegung.

Eine halbe Stunde lang tigere ich kreuz und quer durch den Park, bis ich schließlich am Ende eines Weges Bianca mit ihrem Flipper an der Leine auftauchen sehe. Prompt bricht in meinem Magen das große Kribbeln aus. Und meine Knie verwandeln sich in Wackelpudding. Mit meiner Zunge ist ebenfalls etwas nicht in Ordnung. Innerhalb von Sekunden ist sie um zehn Kilo schwerer geworden und lässt sich kaum bewegen.

Voller Panik beobachte ich, wie Bianca immer näher kommt. Abhauen kann ich nicht, weil mir meine Beine irgendwie nicht mehr gehorchen wollen. Bianca hat nur Augen für ihren Hund und mich deshalb bis jetzt noch nicht entdeckt. Vielleicht geht sie einfach achtlos an mir vorbei.

Das hätte sie auch getan, wenn Flipper nicht ihre Aufmerksamkeit auf mich gelenkt hätte. Mit lautem Gebell springt er auf meinen linken Schuh,

schnuppert am Schnürsenkel und wedelt dabei ausgelassen mit dem Schwanz.
Von der Baronin habe ich gelernt, dass Höflichkeit nie ein Fehler sein kann. Also nehme ich Biancas Hand, schüttle sie kräftig und verbeuge mich dabei. Sie guckt mich so verdattert an, als hätte ich gerade ihren Flipper in ein Nashorn verwandelt.
»Was soll das?«, fragt sie mich mit gerunzelter Stirn. »Du solltest in einer Fernsehserie mitspielen, und zwar als Oberkellner. Die sind auch immer so schleimig.«
»Ich hab dich doch nur ordentlich begrüßt«, erkläre ich und wundere mich selbst darüber, dass mir meine superschwere Zunge gehorcht.
»Na eben! Das hast du doch noch nie gemacht. Die andern Jungs aus der Schule verpassen einem zur Begrüßung einen kräftigen Schubs.« Sie lächelt ihren Hund Flipper an. »Aber du bist eben anders als die anderen.«
Wen meint sie damit? Flipper oder mich? Ehe ich mich danach erkundigen kann, stellt sie mir selbst eine Frage: »Was willst du hier im Park?«
»Dich sprechen.«
Es ist besser, die peinliche Sache so schnell wie möglich hinter mich zu bringen.

»Was hast du mir denn zu sagen?«
»Du sollst mir den Ring zurückgeben, soll ich dir von der Baronin ausrichten. Sie braucht ihn. Das heißt, wir brauchen ihn. Wir wollen nämlich rausfinden, wo er herkommt.«
Bianca zieht eine Schnute. »Toll! Erst schenkst du mir was – und vier Tage später muss ich das Geschenk wieder abgeben.«
»Tut mir Leid!«
»Mir auch!«
Sie greift in ihre Manteltasche, holt den Ring heraus, drückt ihn mir in die Hand und geht weiter, den widerspenstigen Flipper hinter sich herschleifend.
»Es tut mir wirklich Leid!«, rufe ich ihr hinterher. »Das ist ein ganz schwerer Fall!«
»Ja: ein schwerer Fall von Blödheit!«, schreit sie wütend zurück. »Von dir will ich nie mehr ein Geschenk haben, verstanden?«
Sie verschwindet aus meinem Blickfeld. Tief betrübt senke ich den Kopf – und entdecke angewidert, dass mir Flipper was geschenkt hat: ein paar Pinkeltropfen auf meinem linken Schuh!

Kapitel 9

»Hast du den Ring dabei?« ist der erste Satz, den ich am Montagnachmittag von der Baronin zu hören kriege. Wir haben uns wie verabredet um Punkt vier an der S-Bahnhaltestelle vor ihrem Heim getroffen.
Ich greife in die Innenseite meines Anoraks und fische den Ring aus der Tasche. Die Baronin reißt ihn mir aus der Hand, streift ihn über ihren linken Ringfinger und starrt ihn mit großen Augen an. Dabei strahlt sie genauso wie der Diamant, der in der Sonne funkelt.
Die Bahn hält. Beim Einsteigen frage ich die Baronin: »Wo fahren wir überhaupt hin? Zum Hafendirektor?«
»Nein, da war ich schon heute Morgen«, antwortet sie und lässt sich auf einem Platz am Fenster nieder. »Ich hab ihn gefragt, ob für die Zöbel GmbH in den letzten Wochen irgendwelche Lieferungen im Hafen angekommen sind.«

»Und was hat er gesagt?«
»Dass er mir solche vertraulichen Informationen leider nicht verraten darf.«
»Schade.«
Die Baronin lächelt. »Da hab ich ihm gesagt, dass ich es als grobe Unhöflichkeit empfinde, wenn man einer alten Freundin eine wichtige Auskunft verweigert.«
»Und er?«
»Er behauptete, er würde seinen Job riskieren, und spielte dabei nervös mit seinem Kugelschreiber. Da hab ich auch gespielt, und zwar die beleidigte Leberwurst, und wollte grußlos verschwinden.«
»Und er?«
»Er warf seufzend seinen Computer an und servierte mir drei Namen: *Yokohashi – Señorita – Cillytown.* Diese drei Schiffe hatten in den letzten Wochen Fracht für die Zöbel Im- und Export GmbH geladen. Und jetzt rate mal, welchem Schiff wir gleich einen Besuch abstatten.«
»Der *Señorita* natürlich. Schließlich kommen Nachos aus Südamerika. Da wird entweder Spanisch oder Portugiesisch gesprochen. Und von den drei Wörtern klingt *Señorita* am spanischsten.«
»Bravo!«, lobt mich die Baronin. »Ihr lernt ja doch

was in der Schule heutzutage.« Sie betrachtet wieder den Diamanten an ihrer linken Hand. »Was hat Bianca denn dazu gesagt, dass sie den Ring zurückgeben musste?«

»Gar nichts!«, knurre ich.

Und das den ganzen Vormittag lang. Wenn ich ihr in den Pausen auf dem Schulhof über den Weg lief, zeigte sie mir die kalte Schulter oder tat so, als wäre ich durchsichtig. Und Murat machte sich auch noch lustig darüber, dass ich so geknickt war.

Zwei Haltestellen weiter steigen wir in die S-Bahn um. Weil die Rolltreppe kaputt ist, müssen wir die Stufen zum Bahnsteig hinaufgehen. Die Baronin hält sich am Geländer fest und setzt ganz vorsichtig ein Bein vors andere. Zu gern würde ich mich nach ihrer Gesundheit erkundigen, aber leider hasst die Baronin solche Fragen.

»Alles in Ordnung?«, murmle ich nur, als wir oben auf dem Bahnsteig angekommen sind.

Die Baronin nickt ohne mich anzusehen.

In der S-Bahn erläutert sie mir ihren Plan. Sie will einfach auf das Schiff marschieren und den Kapitän fragen, ob er eine Köchin braucht. Ich soll ihren Enkel spielen. Während des Gesprächs wird die Baronin dem Kapitän ihre linke Hand so präsentieren, dass sein Blick auf den Ring fallen muss. Dabei sollen wir ganz genau die Reaktion des Kapitäns beobachten.

»Natürlich wird er versuchen sich nichts anmerken zu lassen«, meint die Baronin. »Aber zum Glück gehorcht uns unser Körper nicht immer, wenn wir etwas verbergen wollen. Achte auf seine Mundwinkel und Augenbrauen. Ich behalte seine Finger im Auge.«

»Okay.«

An der Endstation steigen wir aus. Möwengeschrei ist zu hören und das Tuten von großen Schiffen. Da der Hamburger Hafen zu einem der größten der Welt gehört, können wir uns natürlich nicht zu Fuß auf den Weg zur Señorita machen. Hunderte von Frachtern und Kreuzfahrtschiffen liegen an den zahlreichen Piers.

Die Baronin zückt ihr Handy und ruft ein Taxi.

»Hoffentlich schicken die nicht meinen Vater. Der fährt mich bestimmt nicht zur *Señorita*, sondern nach Hause zu Mutti.«

Nein, zum Glück ähnelt der Taxifahrer, der nach drei Minuten Wartezeit auf der Bildfläche erscheint, kein bisschen meinem Vater. Es ist nämlich eine Fahrerin.

»Wir möchten zum Pier 15«, sagt die Baronin beim Einsteigen. »Zur *Señorita.*«

»In Ordnung.«

Unterwegs staune ich mal wieder über das Gewusel, das hier am Hafen herrscht. Schiffe, Kräne, Lastwagen, Container – dass bei all dem Durcheinander wirklich alles dort ankommt, wo es hinsoll, ist für mich das reinste Wunder. Zig Hafenrundfahrten habe ich schon hinter mir, trotzdem kann ich nicht behaupten mich hier auszukennen. Wenn mich die Taxifahrerin jetzt aus dem Wagen schmeißen würde, hätte ich keinen Schimmer, wie ich nach Hause kommen sollte.

Fasziniert betrachte ich die Schiffe um mich herum. Große, kleine, schäbige, frisch gestrichene, mit Namen und Matrosen aus aller Herren Länder ...

»So, weiter kann ich nicht fahren«, sagt die Dame hinterm Steuer und parkt den Wagen am Straßenrand. »Das ist Pier 15. Bis zur *Señorita* sind es nur noch wenige hundert Meter.«

»Wenige hundert Meter!«, schnaubt die Baronin, als wir kurz darauf dem Taxi hinterherschauen. »Was glaubt die eigentlich, wer ich bin? Eine Marathonläuferin?«

»Soll ich wieder Krückstock spielen?«
»Einverstanden!«
Arm in Arm gehen wir die Piers entlang, vorbei an drei Schiffen aus Südafrika, Brasilien und Norwegen. Dann kommt die *Señorita* in Sicht, ein uralter, schäbiger Frachter mittlerer Größe, der dringend einen neuen Anstrich gebrauchen könnte. Wie ausgestorben sieht das Schiff aus.
»Hat der Kahn keine Besatzung?«, wundere ich mich.
»Doch, fünfzehn Mann. Hat mir jedenfalls der Hafendirektor erzählt. Meine Güte, das Ding sieht ja aus wie ein altes Wrack! Also könnte der Kapitän eine Köchin wie mich vielleicht ganz gut gebrauchen«, fügt sie schmunzelnd hinzu.
Ich zeige auf die Flagge, die über der Kommandobrücke weht. »Wo kommt die *Señorita* denn her?«
»Aus Ecuador.« Die Baronin lässt mich los. »Also, wir gehen jetzt zum Kapitän. Falls sich irgendwann eine Gelegenheit dafür ergibt, dann lass mich allein mit ihm und sieh dich auf diesem schwimmenden Schrotthaufen mal etwas genauer um. Aber begib dich bloß nicht in Gefahr.«
»Tun wir das nicht schon, wenn wir uns auf das Schiff wagen?«

»Allerdings. Bleib ruhig an Land, wenn dir die ganze Sache nicht geheuer ist.«
Mit diesen Worten betritt die Baronin die Gangway und geht aufs Schiff. Ich denke kurz nach. Jawohl, die ganze Sache ist mir tatsächlich nicht geheuer! Genau darum kann ich die Baronin jetzt unmöglich im Stich lassen. Also folge ich ihr auf die *Señorita*, obwohl mir vor Aufregung das Herz bis zum Hals klopft.
Kaum sind wir an Bord angekommen, taucht vor uns ein bärtiger Riese in einem roten Overall auf und schreit uns an. Ich verstehe kein einziges Wort.
»Was sagt er?«, frage ich die Baronin.
Sie zuckt die Schultern. »Keine Ahnung. Das kommt mir reichlich spanisch vor. Ein paar Brocken kann ich übrigens auch.«
Hoffentlich die richtigen Brocken!
Mit einer energischen Handbewegung bringt sie Señor Rübezahl zum Schweigen und sagt: »El Capitano, por favor!«
Der Mann sieht sie erstaunt an.
»El Capitano, por favor!«, wiederholt die Baronin.
»El Capitano?«, fragt der Mann.
»Si!«

Eine kleine Spur freundlicher zeigt der Bärtige auf eine schmale, steile Treppe.
»O Gott!«, stöhnt die Baronin. »Haben die hier keinen Lift?«
Sie reicht mir ihre Handtasche, damit sie sich besser am Geländer festhalten kann.
»Fang mich auf, wenn ich runterfalle!«, ruft sie mir zu, als sie sich in Bewegung setzt.
Sehr komisch!
Ein paar Minuten später betreten wir die Kommandobrücke und drücken dem verdutzten Kapitän die Hand. Er ist einen Kopf kleiner als die Baronin, aber dafür ungefähr dreimal so dick. Statt in einer blauen Kapitänsuniform mit goldenen Knöpfen steckt er in einem grünen Trainingsanzug mit drei Streifen, die vor Jahren mal weiß gewesen sein müssen. Auf dem Kopf hat er nur winzige schwarze Stoppeln, doch unter der Nase einen gigantischen Walrossschnauzer.
Auf die Frage, ob er Deutsch spricht, antwortet er mit starkem Akzent: »Nur wenig. Was Sie wollen?«
Die Baronin schaut sich um. »Ich bin ganz schön geschafft von der Turnerei auf Ihrem Schiff«, gesteht sie erschöpft. »Könnten wir uns nicht setzen?«

Der Kapitän schüttelt zwar den Kopf, aber die Baronin steuert trotzdem auf einen kleinen Ecktisch zu und setzt sich auf einen der abgewetzten Stühle. Ich lasse mich neben ihr nieder. Der Kapitän schnauzt den bärtigen Mann im roten Overall an, der daraufhin die Kommandobrücke verlässt und die Tür hinter sich zuknallt. Jetzt sind wir mit dem Kapitän allein.

Mit finsterer Miene kratzt er sich an seinem stachligen Kinn. Dann kommt er auf uns zu und nimmt gegenüber der Baronin Platz.

»Was Sie wollen? Ich nix Zeit!«

»Ich komme wegen der Stelle als Schiffsköchin«, beginnt die Baronin. »Jemand hat mir verraten, dass Sie eine suchen. Wann kann ich denn anfangen? Heute schon? Oder erst, wenn Sie wieder ablegen? Natürlich würde ich mir gerne mal die Küche genauer anschauen. Und die Vorräte. Ist auch genügend Reis an Bord? Ich liebe Reis! Mit meinem letzten Schiff war ich fast nur in Asien unterwegs. Schanghai, Hongkong, Bombay, Singapur – ich kenne fast jeden Hafen da unten.«

Sie quasselt weiter, obwohl der Kapitän sie ständig zu unterbrechen versucht. Plötzlich berührt sie mich unterm Tisch mit ihrem Knie. Ich kann mir denken, was sie mir damit sagen will: dass ich den Kapitän nicht aus den Augen lassen soll, weil sie ihm jetzt den Ring zu präsentieren gedenkt.

Und schon liegt ihre linke Hand auf dem Tisch. Der Anblick des Diamanten haut den Kapitän fast um! Gebannt stiert er auf den Ring und wird dabei leichenblass. Das Kinn fällt ihm fast auf den Schoß. Und seine Augenbrauen stoßen beinahe an die Decke. Mit allen zehn Fingern fummelt er total nervös an seinem Schnauzer herum.

»O nein!«, ruft die Baronin plötzlich aus und wirft mir einen mitleidigen Blick zu. »Du bist ja schon wieder so käsig, mein Junge! Fühlst du dich nicht gut?«

»Doch«, antworte ich, worauf mir die Baronin kräftig auf den Fuß tritt.

»Nein, ich fühl mich nicht gut!«, jammere ich.

»Dann solltest du mal raus an die frische Luft gehen«, rät mir die Baronin. »Du bist ganz weiß um die Nase herum. Na ja, kein Wunder: Du bist ja auch ein richtiger Naseweis!« Lachend wendet sie sich an den Kapitän. »Haben Sie dieses Wortspiel verstanden, Señor? Naseweis heißt so viel wie Nasos weisos. Capito, Capitano?« Sie lacht noch lauter. »Das war ja sogar ein spanisches Wortspiel.

Also mit der Sprache werde ich sicher kein Problem haben auf Ihrem Schiff. Und mit meinen tollen Reisgerichten erst recht nicht. Wissen Sie, wie ich Basmatireis zubereite? Hier, ich hab es mir ganz genau aufgeschrieben.«

Sie reißt ihre Handtasche auf, holt einen Zettel heraus und faltet ihn auseinander. Während sie dem Kapitän dieses spannende Rezept serviert, verlasse ich die Kommandobrücke. Zu blöd, dass es schon dunkel geworden ist! Das Deck der *Señorita* ist nur ganz schwach beleuchtet. Mit Mühe und Not erkenne ich zwei geöffnete Ladeluken. Wenn ich dort reinfalle, dann gute Nacht!

Ganz vorsichtig steige ich die enge Leiter hinab, die wir vorhin hinaufgegangen sind. Der bärtige Riese im roten Overall ist nirgends zu sehen. Stimmen auf dem Schiff sind auch nicht zu hören. Wo stecken bloß die ganzen Matrosen? Ob die alle Landurlaub haben?

Ehrlich gestanden ist mir schleierhaft, wonach ich suchen soll. Klar, der Kapitän hat was mit dem Ring zu tun. Beim Anblick des Diamanten ist er ja beinahe in Ohnmacht gefallen. Und das lag sicher nicht daran, dass ihm der Ring so gut gefallen hat.

Mit unsicheren Schritten gehe ich die Reling entlang. Obwohl das Schiff im Hafen liegt, schwankt es beträchtlich hin und her. Ich bin zwar ein waschechter Hamburger, aber an der Seefahrerei hab ich trotzdem keinen Spaß. Letzten Herbst wollten meine Eltern mit mir unbedingt eine Schiffstour nach Helgoland machen. Von dem elenden Geschaukel wurde mir so schlecht, dass ich kaum die Toilette verlassen konnte.

Ich komme an einem Rettungsboot vorbei, das mit einer schwarzen Plane zugedeckt ist. Erschrocken zucke ich zusammen, weil das Boot soeben geniest hat. Oder war es die Plane?

»Hatschi!«

Ein zweites Niesen lässt mich zusammenfahren. Und dann erstarre ich vor Schreck. Die Plane wird zur Seite gerissen. Ein Junge springt aus dem Boot, schubst mich zur Seite und rennt davon.

Nanu, was war denn das?

Nachdem ich mich von der Überraschungsaktion erholt habe, laufe ich dem Jungen hinterher. Ich würde ihm am liebsten zurufen, dass er stehen bleiben soll. Aber ich darf hier keinen Krach machen, sonst gibt's bestimmt Ärger mit dem Riesen.

Der Junge ist wieselflink und läuft kreuz und quer über das ganze Deck. Anscheinend kennt er sich

hier ziemlich gut aus. Darum habe ich auch keine Chancc, ihn einzuholen.
Doch plötzlich verlässt er das Schiff und düst die Gangway hinunter auf den Pier. Wo will er bloß hin? Und warum haut der Kerl überhaupt vor mir ab? Ich bin doch ganz harmlos und will ihm gar nichts tun. Niemand hat Angst vor mir, nicht mal die Fliegen in meinem Zimmer. Die wissen ganz genau, dass ich ihnen kein Beinchen krümmen würde.
Jetzt an Land kann ich so viel schreien, wie ich Lust habe.
»Was soll der Quatsch?«, brülle ich hinter dem Jungen her. »Bleib stehen! Ich will dich nur was fragen!«
Der Knabe dreht sich zu mir um – und stürzt im selben Moment mit einem lauten Schrei zu Boden. Als ich bei ihm ankomme, hält er sich mit schmerzverzerrtem Gesicht den rechten Fuß. Er muss umgeknickt sein. Voller Panik starrt er mich an. Wovor hat er bloß so große Furcht? Sehe ich etwa aus wie ein Monster, das ihn gleich in kleine Stücke reißen will?
»Was soll das denn?«, frage ich ihn keuchend, weil mich die Rennerei ganz schön geschlaucht hat.

Er sagt kein Wort, sondern glotzt mich nur weiterhin ängstlich an.
»Benedikt!«, höre ich in diesem Moment die Baronin rufen. »Wo steckst du denn?«
»Hier!«, rufe ich zurück. »Bei dem brasilianischen Schiff!«
Mit großen Schritten kommt die Baronin auf uns zu. Als sie mich neben dem fremden Jungen knien sieht, schaut sie mich strafend an und fragt: »Hast du gerade Judo geübt?«
Die Baronin staunt nicht schlecht, als ich ihr erzähle, wo ich ihn entdeckt habe. Sie wundert sich kein bisschen, dass er vor mir Reißaus genommen hat.
»Das ist ein blinder Passagier«, behauptet sie und zeigt auf den Jungen, der nun nicht mehr ganz so verängstigt aus der Wäsche guckt. »Vermutlich aus Ecuador.«
Doch das entpuppt sich als Irrtum. Nachdem die Baronin in mehreren Sprachen auf ihn eingeredet hat, lässt er sich zwei Wörter entlocken: Antonio und Lisboa.
»Das ist also Antonio aus Lissabon«, stellt die Baronin fest. »Dort muss das Schiff angelegt haben, bevor es nach Hamburg weitergefahren ist.«

Sie streckt die Hand aus und hilft dem Jungen erst einmal auf die Beine. Zum ersten Mal erscheint ein Lächeln auf Antonios Gesicht, allerdings ein sehr schüchternes.

»Wo willst du denn jetzt hin?«, frage ich ihn, woraufhin er ein verständnisloses Gesicht macht.

»Er spricht kein Deutsch«, sagt die Baronin. »Aber auch wenn er deine Frage verstanden hätte, wüsste er keine Antwort darauf. Wetten, dass er keine Menschenseele hier in Hamburg kennt? Wahrscheinlich ahnt er nicht mal, wo er überhaupt ist. Und darum schlage ich vor, wir nehmen ihn einfach mit.«

»Wohin? Ins Altersheim?«

»Spinnst du?«, fährt mich die Baronin an. »Sieht Antonio etwa aus wie ein Rentner?«

Nein, natürlich nicht. Er hat halblange, schwarze Haare, braune Augen und ganz lange Wimpern. Seine ausgefranste, hellblaue Cordhose hat schon länger keine Waschmaschine mehr gesehen. Und sein schwarzer Pulli mit gelben Streifen ist viel zu dünn für diese Jahreszeit.

»Ist dir nicht kalt?«, frage ich ihn, obwohl ich weiß, dass er mich nicht versteht.

Seine Antwort besteht darin, dass er dreimal niest,

die verschränkten Arme gegen seine Brust drückt und mit den Zähnen klappert.
Die Baronin fischt ihr Handy aus der Handtasche und sagt: »Ich rufe uns ein Taxi.«
»Taxi! Taxi!«, jubelt Antonio mit leuchtenden Augen und reckt die Arme in die Höhe, als hätte er gerade ein Tor geschossen. »Taxi! Taxi!«
»Was soll das?«, frage ich die Baronin.
»Wahrscheinlich ist er noch nie im Leben mit einem Taxi gefahren«, vermutet sie. »Und darum ist er jetzt so sehr aus dem Häuschen.«
»Taxi! Taxi!«, wiederholt der Junge immer aufgeregter. »Papa Taxi! Papa Taxi!«
»Hä? Sein Papa ist ein Taxi?«
»Genau – und seine Mutter ist ein Fahrrad!« Die Baronin zeigt mir einen Vogel. »Mensch, Benedikt! Verstehst du wirklich nicht, was er meint? Du und Antonio, ihr seid Kollegen. Gewissermaßen.«
»Wieso?«
»Weil eure Väter den gleichen Job haben.«
Erstaunt zeige ich auf Antonio und frage: »Dein Papa Taxi?«
Er nickt heftig. Ich zeige auf mich und erkläre grinsend: »Mein Papa auch Taxi!«

Kapitel 10

Murat treibt mich noch in den Wahnsinn mit seiner Neugier!
Ich ärgere mich darüber, dass ich ihm heute Morgen auf dem Schulweg von Antonio erzählt habe. Den ganzen Vormittag hat er mich mit Fragen gelöchert. Er wollte einfach *alles* wissen: Warum Antonio von zu Hause ausgerissen ist, wieso er ausgerechnet nach Hamburg wollte, wie alt er ist, was er von Judo hält und so weiter! Leider konnte ich ihm keine Antwort geben. Als ich gestern mit dem blinden Passagier im Schlepptau nach Hause kam, war Antonio so müde, dass er nach dem Abendessen sofort ins Bett wollte – und zwar in meins. Ich musste im Wohnzimmer schlafen.
Und jetzt, fast anderthalb Tage später, ist Antonio immer noch nicht aufgewacht.
»Los, gehen wir endlich rein!«, drängt Murat, der neben mir im Schneidersitz vor meiner Tür hockt.

»Vielleicht ist er so geschafft, dass er ohne fremde Hilfe nicht mehr aus dem Bett kommt. Oder er hat sich deinen Computer geschnappt und ist damit durchs Fenster verduftet.«

»Und liegt jetzt mit gebrochenen Beinen auf dem Bürgersteig, weil er keine Flügel hat und sich mein Zimmer im dritten Stock befindet, du Spinner!«

Mein Vater kommt mit einer Kaffeetasse in der Hand aus der Küche. Auf dem Weg ins Wohnzimmer bleibt er kopfschüttelnd vor uns stehen. »Wir haben auch Stühle«, brummt er. »Ihr müsst nicht unbedingt im Flur auf dem Boden rumsitzen.«

»Wir warten darauf, dass Antonio wach wird«, erkläre ich meinem Vater. »Murat will ihn unbedingt sehen.«

»Wieso? Er sieht aus wie ein ganz normaler Junge.«

»Aber das täuscht«, behauptet Murat. »In Wirklichkeit ist er ein richtiger Abenteurer, der ganz allein ausgezogen ist, die weite Welt zu entdecken.«

»Und wenn er nicht gestorben ist, dann entdeckt er sie noch heute«, fügt mein Vater in ironischem Ton hinzu. »Lasst doch den armen Kerl in Ruhe ausschlafen! Wenn er wieder wach und bei Kräften ist, unterhalten wir uns mit ihm. Und falls sein Vater tatsächlich hier in Hamburg als Taxifahrer arbeitet, sorge ich dafür, dass er in zehn Minuten hier ist.«

Er verzieht sich ins Wohnzimmer.

Kaum ist er weg, zischt Murat aufgeregt: »Lass uns doch reingehen, Benedikt! Wem gehört denn das Zimmer? Dir oder deinem Vater?«

»Mir.«

»Na also! Du kannst doch wohl dein eigenes Zimmer betreten, wann du willst, oder? Wer weiß, vielleicht reitet dieser Antonio gerade auf deiner Schildkröte durch die Gegend. Oder er hat deine Liebesbriefe an Bianca entdeckt und lernt sie jetzt alle auswendig.«

»Obwohl er gar kein Deutsch kann, du Blödmann?«, fauche ich ihn an. »Außerdem wird er sowieso keine Liebesbriefe an Bianca finden.«

»Wieso nicht? Weil du sie so gut versteckt hast?«

»Nein, weil ich keine geschrieben habe! Und weil ich –«

»Pscht!« Murat legt den Zeigefinger auf seine Lippen. »Hast du gehört?«

»Was?«

»Pscht!«

Wir lauschen. Nein, Murat hat sich nicht getäuscht. Es ist wirklich was zu hören: ein Hustenanfall.

Murat springt auf und stürmt ins Zimmer. Ich will ihm hinterher, aber da klingelt das Telefon im Flur. Da ich mir denken kann, wer dran ist, marschiere ich zum Apparat. Ich greife nach dem Hörer und melde mich.

»Hier spricht die Baronin. Na, hast du schon mit ihm geredet?«

»Noch nicht. Er ist erst vor einer Minute aufgewacht.«

»Im Ernst?«, staunt die Baronin. »Dann ist er wohl doch kein Portugiese, sondern ein Murmeltier. Soll ich vorbeikommen und ihn ausquetschen? Oder schaffst du das auch ohne meine Hilfe?«

»Das schaff ich allein«, behaupte ich.

Die Baronin wirkt erleichtert. »Ich hätte auch gar nicht kommen können«, gesteht sie seufzend. »Heute fühle ich mich wieder so schwach, dass ich mich kaum auf die Straße traue.«

»Hat Ihnen der Arzt denn keine Medikamente verschrieben?«

»Der Arzt!«, erwidert sie verächtlich. »Wenn es nach *dem* ginge, wäre ich überhaupt nicht krank.«

»Verstehe ich nicht.«

»Ich auch nicht. Kümmere dich jetzt lieber um Antonio statt um deine alte Freundin. Mir ist sowieso nicht zu helfen. Ruf mich wieder an, wenn du was Neues weißt, okay?«

»Versprochen. Gute Besserung!«

»Danke, gleichfalls!«

»Ich bin nicht krank!«, rufe ich in den Hörer, doch die Baronin hat schon aufgelegt.

Auf dem Weg in mein Zimmer höre ich, dass Antonio schon wieder einen Anfall hat, diesmal jedoch einen Lachanfall. Ich bleibe vor der Tür stehen und spitze die Ohren. Nicht zu fassen: Murat erzählt unserem Gast irgendwelche dämlichen Witze, obwohl Antonio ihn überhaupt nicht versteht!

»Was soll der Quatsch?«, fahre ich dazwischen.

Antonio, der sich im Bett aufgesetzt hat, hört nicht auf zu kichern. Und Murat, der sich auf den Bettrand gesetzt hat, plappert ungerührt weiter.

»Und da sagt der völlig verdreckte Elch zu der schmutzigen Kröte: Nenn mich nie mehr Schwein, du Ferkel!«

Er stimmt in Antonios Gewieher mit ein. Gemeinsam lachen die beiden so laut, dass ich mir am liebsten die Ohren zuhalten würde.

»Was ist denn hier los?« Mein Vater rauscht herein

und schaut erstaunt von Murat zu Antonio und wieder zurück. »Habt ihr zu viele Kichererbsen gefuttert?«

»Murat lacht mal wieder über seine eigenen Witze«, erkläre ich.

»Und unser Langschläfer?«, fragt mein Vater. »Findet der die Witze etwa komisch? Er versteht sie doch gar nicht!«

»Na eben, Vati! Wenn er sie kapieren würde, dann würde er sie garantiert nicht komisch finden.«

Murat verstummt und wirft mir einen erbosten Blick zu. »So dumm ist Antonio gar nicht. Er hat mich garantiert verstanden.«

»So? Dann frag ihn mal, wie er mit Nachnamen heißt«, fordert mein Vater Murat auf.

Der zögert keine Sekunde, sondern zeigt erst auf mich, dann auf sich und dann auf Antonio und sagt dabei unsere Vornamen: »Benedikt. Murat. Antonio.«

Dann zeigt er auf mich und sagt: »Benedikt Bachmann.« Anschließend zeigt er auf sich. »Murat Nuredin.« Dann zeigt er auf unseren Gast und fragt: »Antonio?«

»Torresto«, sagt der prompt, zeigt auf sich und wiederholt: »Antonio Torresto!«

»Torresto?« Mein Vater reißt die Augen auf. »Du bist der Sohn von Vasco Torresto?«
Da springt der Junge wie ein Wahnsinniger vom Bett, packt meinen Vater mit beiden Händen am Kragen und brüllt: »Vasco! Vasco! Papa Taxi!«
»Ja, Papa Taxi!«, bestätigt mein Vater lächelnd und schüttelt Antonio ab. »Ich kenne ihn ganz gut, habe ihn aber schon seit ein paar Wochen nicht mehr gesehen. Hoffentlich ist er noch im Lande. Am besten rufe ich ihn sofort an, okay?«
Er verschwindet in den Flur. Antonio will ihm folgen, doch auf einmal schaut er an sich herunter und reißt entsetzt die Augen auf. Er steckt nämlich in einem rosa Pyjama mit blauen Elefanten drauf, den mir meine Oma Elfriede zu Weihnachten geschenkt hat. Nie im Leben würde ich in dieses peinliche Kleidungsstück steigen!
Antonio will sich den Pyjama vom Körper reißen, doch da erscheint meine Mutter auf der Bildfläche.
»Erst wird geduscht!«, kommandiert sie. »Und dann ziehst du das hier an!«
Sie öffnet meinen Schrank und holt ein paar Sachen für Antonio heraus. Nachdem sie ihm die Klamotten in die Hand gedrückt hat, führt sie ihn

ins Badezimmer. Murat würde ihn am liebsten auch dorthin begleiten.

»Du bleibst hier!«, knurre ich. »Duschen kann er allein!«

»Bist du sicher? Vielleicht hält er den Duschkopf für ein Handy und quatscht hinein.«

Ich ziehe eine Schnute. »Antonio kommt aus Portugal und nicht von einem anderen Stern. Wahrscheinlich hat er schon öfter eine Dusche gesehen als du!«

»Okay, früher habe ich mich wirklich nicht besonders gern gewaschen«, gibt mein Freund zu. »Aber das ist jetzt ganz anders. Als Model muss ich nämlich supergepflegt sein. Tante Fadime hat gesagt, dass ich –«

»Vasco ist gleich hier!«, ruft mein Vater aus dem Flur. »Meine Güte, wie der getobt hat am Telefon! Hoffentlich reißt er Antonio nicht den Kopf ab!«

Zehn Minuten später sitzt Antonios Rübe immer noch auf seinen Schultern. Ein kräftiges Donnerwetter musste er zwar über sich ergehen lassen, aber das dauerte höchstens eine Minute. Dann lagen sich Vater und Sohn in den Armen und schluchzten drauflos. Ihre Tränen sind so ansteckend, dass Murat und ich ebenfalls anfangen zu

flennen. Und auch bei meinen Eltern bleibt kein Auge trocken.
Vasco sieht genauso aus wie Antonio, nur etwa zwanzig Jahre älter und etwas größer und breiter. Ansonsten könnte man sie für Zwillinge halten.
Nachdem wir uns alle im Wohnzimmer um den Couchtisch gesetzt haben, geht das große Erzählen los. Von Vasco erfahren wir, dass sein Sohn schon vor zwei Wochen verschwunden ist. Seine Mutter hat in Lissabon eine Vermisstenanzeige aufgegeben. Sein Vater war für ein paar Tage in Lissabon, um nach seinem Sohn zu suchen. Aber der befand sich da schon auf hoher See.
Vasco zündet sich eine Zigarette an, wendet sich Antonio zu und quetscht ihn aus. Der antwortet nur stockend und mit leiser Stimme. Sein Vater übersetzt uns alles.
Aus Sehnsucht nach seinem Vater wollte Antonio unbedingt nach Hamburg. Der Onkel seines besten Freundes arbeitet am Hafen und erzählte ihm, welche Schiffe dorthin fahren würden. Eines Abends schmuggelte sich Antonio an Bord der *Señorita*. Er versteckte sich tagsüber in einem der Rettungsboote. Nachts streifte er herum und suchte sich was zu essen. Meistens fand er etwas, aber mehrere

Tage lang musste er seinem Bauch beim Knurren zuhören.
Vasco ist gerührt, dass sein Junge die Strapazen nur deshalb auf sich genommen hat, weil er seinen Vater wiedersehen wollte. Gleichzeitig ist er natürlich auch wütend auf seinen Sohn, weil er seinen Eltern so große Sorgen gemacht hat.
Vasco erklärt erst seinem Sohn und anschließend uns, dass er noch ein paar Jahre lang hier als Taxifahrer arbeiten möchte, um sich dann mit seinen Ersparnissen ein kleines Hotel zu kaufen. Normalerweise macht er im Sommer und über Weihnachten Urlaub in Portugal, aber im letzten Jahr war einfach keine Zeit dafür. Darum hat er seinen Sohn auch schon seit fast vierzehn Monaten nicht mehr gesehen.
»Es tut mir Leid!«, entschuldigt er sich bei Antonio erst auf Deutsch und dann auf Portugiesisch. »Ich hätte unbedingt nach Hause kommen sollen, wo du mich so sehr vermisst.«
Die beiden umarmen sich wieder und vergießen ein paar Tränen. Meine Mutter zückt ein Taschentuch. Mein Vater wischt sich mit dem Handrücken über die Wange. Murat presst die Lippen aufeinander und starrt auf seine Schuhspitzen. Und

ich? Ich habe zwar feuchte Augen, aber schuld daran ist nur der Zigarettenqualm hier drin. Ehrlich!

»Hat Antonio irgendwas Ungewöhnliches beobachtet auf der *Señorita*?«, frage ich seinen Vater, nachdem die beiden mit der Flennerei aufgehört haben.

Er übersetzt die Frage. Antonio überlegt ein Weilchen. Dann schüttelt er den Kopf. Doch plötzlich fällt ihm was ein.

»Er sagt, dass im Hamburger Hafen mitten in der Nacht ein Mann an Bord gekommen ist«, erklärt Vasco. »Der hat dem Kapitän zwei Bündel Geldscheine in die Hand gedrückt und ist danach sofort verschwunden.«

»Hatte der Mann eine Glatze und war klein und kräftig?«

Wieder schüttelt Antonio den Kopf.

»Oder war er älter?«, bohre ich weiter. »Hatte er graue Löckchen? Und auf der linken Wange eine schlangenförmige Narbe?«

Sein Vater stutzt. »Schlangenförmig? Was heißt das? Mein Deutsch ist nicht so gut.«

»Die Narbe hatte die Form einer Schlange«, mischt sich Murat ein. »Schlange! Wissen Sie, was das ist?«

Und schon lässt sich Murat der Länge nach zu Boden fallen und bewegt sich auf dem Teppich wie eine Ringelnatter durchs Gras.
Antonio fängt an zu kichern.
»Verstehen Sie jetzt, was ich mit schlangenförmig meine?«, frage ich Vasco. »Dieser Mann hatte so eine geschlängelte Narbe auf der Wange.«
Er redet mit seinem Sohn. Der bestätigt ihm, dass es sich tatsächlich um den Mann handelt, der zusammen mit Horst im *Serafina* aufgetaucht ist.
»Du kannst aufhören mit deiner Schlangennummer!«, rufe ich Murat zu.
Er steht auf – und stößt sich den Kopf an der Tischplatte.
Prompt kriegt Antonio wieder einen Lachanfall und brüllt etwas auf Portugiesisch.
Sein Vater wendet sich an Murat, der sich ächzend den Hinterkopf reibt. »Mein Junge meint, du hast einen richtig tollen Humor!«
Murat nickt. »Und 'ne richtig tolle Beule ...«

Kapitel 11

Am Tag darauf mache ich mich mit reichlich gemischten Gefühlen auf den Weg zur Baronin. Was ich ihr von meinen Eltern ausrichten soll, wird ihr bestimmt nicht gefallen.

Gestern am Telefon hab ich ihr erzählt, was ich von Antonio erfahren habe. Sie war nicht sonderlich beeindruckt.

»So?«, lautete ihr ganzer Kommentar.

»Haben Sie nicht zugehört?«, fragte ich sicherheitshalber noch mal nach. »Der Typ mit der Dollarkrawatte, der zusammen mit dem bulligen Horst im *Serafina* aufgekreuzt ist, hat dem Kapitän der *Señorita* zwei Geldbündel in die Hand gedrückt.«

»Womit hätte er ihn denn sonst bezahlen sollen? Mit seinen grauen Löckchen?«

»Was machen wir denn nun?«

»Atmen«, sagte die Baronin. »Zu was anderem kann ich mich heute nicht aufraffen.«

»Geht es Ihnen denn immer noch nicht besser?«

»Kein bisschen«, klagte sie. »Und darum lege ich mich jetzt auch wieder hin.«

Ob sie mich gleich im Nachthemd empfangen wird?, überlege ich, als ich das Altersheim betrete. Oder macht sie mir erst gar nicht auf? Dann sollte ich vielleicht zu Herrn Hoffmann gehen und ihn fragen, ob wir einen Notarzt rufen sollen.

Doch kaum habe ich auf die Klingel gedrückt, da öffnet die Baronin mir auch schon die Tür. Sie trägt ein beiges Kostüm und eine schwarze Strumpfhose und ringt sich ein Lächeln ab, als sie mir zur Begrüßung die Hand schüttelt. Ihre Laune scheint nicht sonderlich gut zu sein.

»Komm rein!«, fordert sie mich auf. »Ich muss dir was zeigen!«

Sie geht voran ins Wohnzimmer, zeigt mit eisiger Miene auf den Tisch und grunzt: »Sieh dir das an!«

Alles, was ich auf dem Tisch entdecken kann, ist ein knallroter Lippenstift.

»Was ist so schlimm an dem Ding?«, frage ich achselzuckend. »Gefällt Ihnen die Farbe nicht?«

»Das auch! Aber noch weniger gefällt mir der Kerl, der mir den Lippenstift geschenkt hat!«

»Herr Hoffmann?«

»Ja, Herr Blödmann!«, schnaubt die Baronin zornig. Sie lässt sich auf dem Sofa nieder, verschränkt die Arme und schlägt die Beine übereinander. »Letzte Woche die Blumen und die Pralinen – und heute dieser Lippenstift! Was schenkt er mir nächste Woche? Einen Ehering?«

»Äh – übrigens – was den Ring betrifft –« Am besten sollte ich möglichst schnell loswerden, was ich der Baronin sagen muss. »Schöne Grüße von meinen Eltern!«

»Danke!«

»Als Antonio von der Geldübergabe berichtete, wollten meine Eltern natürlich wissen, was Sie und ich mit der *Señorita* zu tun haben. Da musste ich ihnen von unserem neuen Fall erzählen. Tja – äh –« Ich zupfe verlegen an meinem Anorakärmel herum. »Meine Eltern haben mir verboten, mich weiter mit diesen Typen zu beschäftigen. Sie meinen, die wären zu allem fähig, weil es bestimmt um sehr, sehr viel Geld geht.«

Erstaunlicherweise pflichtet die Baronin ihnen bei. »Deine Eltern haben völlig Recht, Benedikt. Dieser Fall ist eine Nummer zu groß für uns. Darum sollten wir ihn lieber der Polizei überlassen.«

»Echt?«

Sie nickt. »Eigentlich wollte ich heute noch mal auf das Schiff, aber das ist mir viel zu gefährlich.«

»Was wollten Sie denn auf dem Schiff?«

»Meinen Ausweis abholen. Er muss mir aus der Handtasche gefallen sein, als ich auf dem Schiff das Reisrezept rausgeholt habe.« Plötzlich richtet sie sich kerzengerade auf und legt die Stirn in Falten. »Moment mal! Der Kapitän könnte mir auch den Ausweis geklaut haben. Kurz nachdem du die Kommandobrücke verlassen hattest, wollte der Kerl mich unbedingt loswerden. Er rief den bärtigen Riesen und dieser Grobian packte mich am Arm, zog mich vom Stuhl und ließ mich nicht mehr los, bis ich die Kommandobrücke verlassen hatte. Dann musste ich wieder die steile Treppe hinabklettern. Als ich unten ankam, rief der Kapitän von oben: ›Sie was haben vergessen!‹ Und dann warf er mir die Handtasche zu.« Sie ballt die Fäuste. »Der Mistkerl hat mir den Ausweis geklaut, wetten?«

Es klingelt an der Tür.

»Das ist Herr Hoffmann!«, zischt die Baronin und steht auf. »Ich bin genau in der richtigen Stimmung, ihm mal ein paar deutliche Worte um die Ohren zu hauen!« Sie nimmt den Lippenstift vom

Tisch und drückt ihn mir in die Hand. »Hier, für deine nette Freundin!«

»Erstens ist Bianca nicht meine Freundin und zweitens nicht nett!«

Jedenfalls nicht zu mir. Seit dem Nachmittag, an dem ich ihr den Ring wieder abknöpfen musste, hat sie kein Wort mehr mit mir gewechselt. Das werde ich der Baronin gleich erzählen, nachdem sie ihrem aufdringlichen Verehrer die Meinung gesagt hat.

Doch keiner der beiden Männer, die zehn Sekunden später ins Wohnzimmer kommen, hat auch nur die geringste Ähnlichkeit mit Herrn Hoffmann. Bei ihrem Anblick rutscht mir das Herz in die Hose. Es sind Horst und der Riese von der *Señorita*! Heute trägt er keinen Overall, sondern eine gelbe Öljacke und eine weiße Leinenhose.

»So eine Unverschämtheit!«, ereifert sich die Baronin. »Ich hab Sie nicht in meine Wohnung gebeten. Also raus hier, und zwar dalli!«

Ein verächtliches Grinsen erscheint auf Horsts Gesicht. »Reg dich ab, Oma! Sonst lernst du uns mal kennen!«

»Ich kenne Sie bereits, Horst! Und wie heißt dieser finstere Geselle hier?«

»Das ist Pablo«, stellt der Glatzkopf seinen Begleiter vor, der sich neugierig im Wohnzimmer umschaut.

»Und was wollen Sie hier?«

»Was willst du von uns, Oma?«

»Nennen Sie mich gefälligst nicht Oma!«, protestiert die Baronin giftig. »Mein Name ist –«

»Ich kenne deinen Namen«, unterbricht Horst sie unhöflich und fischt ihren Ausweis aus seiner braunen Jeans. »Den hat dir Käpt'n Alvarez abgenommen, damit wir dir mal einen Besuch abstatten können.«

»Na schön, Sie haben mich besucht.« Die Baronin zeigt zur Tür. »Jetzt können Sie ja wieder abhauen.«

»Genau das hatten wir auch vor«, sagt Horst. »Und zwar zusammen mit dir und deinem kleinen Komplizen. Los, raus hier! Der Boss möchte unbedingt ein ernstes Wörtchen mit euch reden. Wir bringen euch zu ihm.«

»Vergessen Sie's!«, erwidert die Baronin barsch und legt einen Arm um meine Schultern. »Uns kriegen Sie hier nicht raus, kapiert?«

Kapitel 12

Kurz darauf sitzen wir auf der Rückbank von Horsts schwarzem Kombi, der uns schon letzten Freitag vor dem *Serafina* aufgefallen war. Schuld daran, dass wir doch die Wohnung der Baronin verlassen haben, sind die Jackentaschen der beiden Ganoven. In der von Horst befindet sich ein winziger Revolver, während Pablo ein Stilett mit sich spazieren führt, dessen Klinge wir eben freundlicherweise besichtigen durften.

»Merk dir die Strecke!«, raunt die Baronin mir zu, als Horst den Motor startet.

Ich nicke zwar, aber eigentlich bin ich viel zu geschockt, um an irgendwas anderes denken zu können als an mein nahes Ende. Warum sollten uns die Gangster wieder im Altersheim abliefern, nachdem der Boss mit uns geredet hat? Wir könnten jederzeit zur Polizei gehen und die ganze Bande auffliegen lassen. Dieses Risiko will der Boss garantiert ver-

meiden. Und wie? Bestimmt nicht, indem er uns gleich laufen lässt.
Inzwischen ist Horst losgefahren und unterhält sich mit seinem Kumpel. Weil das Gespräch auf Spanisch geführt wird, verstehen wir kein Wort.
Die Baronin ist mindestens so nervös wie ich. Sie kaut auf der Unterlippe herum und knetet den Griff ihrer Handtasche. Ist denn da nichts drin, was uns aus der Patsche und vor allem aus dem Auto helfen könnte? Na klar: ihr Handy! Aber was würde geschehen, wenn die Baronin das Ding aus der Tasche kramen und an ihr Ohr halten würde? Dann würden die beiden ebenfalls in die Tasche greifen und uns was ans Ohr halten: eine Pistole und ein Stilett.
Aber wer weiß, vielleicht kriegen sie gar nichts davon mit, was hinter ihrem Rücken passiert. Horst und Pablo streiten sich nämlich gerade lautstark. Zu gern wüsste ich, was sie sich gegenseitig ins Gesicht schreien. Ob das irgendwas mit den Diamanten zu tun hat?
Nicht zu fassen, welchen Ärger uns die Nachostüte aus dem kleinen Laden eingebracht hat! Bianca wäre sicher nicht mehr sauer auf mich, wenn sie wüsste, dass ich wegen dieses dämlichen Rings in

Lebensgefahr schwebe. Morgen in der Schule wollte ich ihr den Lippenstift schenken, aber daraus wird ja wohl nichts.
Der Lippenstift!
Ich greife in meine Anoraktasche und hole ihn heraus.
»Was willst du denn damit?«, wundert sich die Baronin mit leiser Stimme. »Dich schminken?«
Nein, nicht mich, sondern die Scheibe neben mir!
Wenige Sekunden später bremst der Wagen vor einer roten Ampel. Am Straßenrand, nur drei Meter entfernt, warten zwei Taxis auf Kundschaft. Einer der Fahrer blickt gerade von seiner Zeitung auf und schaut in meine Richtung. Ohne zu zögern schreibe ich Vaters Handynummer auf die Fensterscheibe, natürlich in Spiegelschrift. Der Taxifahrer, ein jüngerer Blondschopf mit buschigen Augenbrauen, zuckt mit den Schultern. Ich falte die Hände wie zu einem Gebet und durchbohre den Fahrer mit einem flehenden Blick. Da greift er nach einem Kugelschreiber und notiert die Nummer auf den Rand seiner Zeitung.
Die Ampel springt auf Grün. Horst, der Pablo fast ununterbrochen anbrüllt, drückt das Gaspedal durch. Ob der Taxifahrer schnell genug war, alle

Zahlen aufzuschreiben? Aus Angst vor den beiden Ganoven wische ich die Handynummer mit dem rechten Anorakärmel von der Scheibe, die anschließend total verschmiert aussieht.

»Fabelhaft!«, flüstert die Baronin mir zu und tätschelt anerkennend mein linkes Knie. »Das war ein großartiger Einfall!«

»Und wenn er uns trotzdem nicht hilft?«

»Abwarten!«

Höchstens drei Minuten später unterbricht Horst plötzlich seine spanische Schimpfkanonade und schreit: »Verfluchter Mist! Wir werden von einem Taxi verfolgt! Na warte, Bursche, dich häng ich ab!«

Er beschleunigt das Tempo, tritt dann abrupt auf die Bremse und biegt ab.

»Weg ist er!«, jubelt Horst, worauf die Baronin und ich einen enttäuschten Blick wechseln.

Doch im nächsten Moment kreischt Horst erneut: »Wir werden schon wieder verfolgt! Von einem anderen Taxi!«

Das hängt er zwar auch ab, aber kurz darauf taucht ein neues hinter uns auf. Horst und Pablo geraten in Panik – und die Baronin und ich vor Freude aus dem Häuschen! Der blonde Fahrer hat also nicht nur die Nummer des Handys notiert, sondern auch die von Horsts Auto. Wetten, dass mein Vater alle Kollegen alarmiert und sie gebeten hat uns zu verfolgen? Und die Polizei hat er bestimmt auch schon eingeschaltet.

Leider entpuppt sich Horst als glänzender Rennfahrer. Im Affenzahn düst er durch den dichten Verkehr und biegt immer wieder total überraschend in kleine Seitenstraßen ein. Auf diese Weise gelingt es ihm tatsächlich, alle Verfolger abzuschütteln.

Die Baronin und ich können uns denken, wohin die Reise geht: zur *Señorita*! Als die ersten Schiffe in Sicht kommen, rüttle ich verzweifelt am Türgriff.

»Sinnlos!«, ruft Horst mir zu. »Spar dir lieber deine Kräfte, damit du gleich beim Boss ’ne gute Figur machst!«

Eine gute Figur? Vor lauter Angst werde ich dem Boss ohnmächtig zu Füßen fallen.

Mit quietschenden Bremsen bringt Horst schließlich das Auto zum Stehen, direkt vor der Gangway der *Señorita*. Er und Pablo springen gleichzeitig raus und reißen die Hintertüren auf.

»Los, Beeilung!«, drängt Horst.

Auf der Gangway stößt die Baronin mich leicht in die Seite und zischt: »Halt die Klappe und lass *mich* reden!«

»Okay!«

Das ganze Deck vibriert, als wir auf dem Schiff ankommen. O nein! Die Motoren laufen auf Hochtouren. Soll das etwa heißen, dass wir gleich ablegen?

Genau so ist es! Nachdem die Gangway an Land gezogen wurde, tönt aus dem Lautsprecher über der Kommandobrücke der Befehl: »Leinen los!«

Das Schiff legt ab. Tschüs, Hamburg! Tschüs, Deutschland! Tschüs, Leben!

Horst und Pablo lassen uns einfach stehen und verschwinden unter Deck.

»Was sollen wir bloß tun?«, jammere ich, während mir die Tränen in die Augen schießen. »Die werden uns den Haien zum Fraß vorwerfen.«

»Blödsinn!«, erwidert die Baronin. »Hier gibt's keine Haie!«

»Dann eben Makrelen. Oder Aale. Ist doch egal, wer uns gleich fressen wird!«

»Dieser verdammte Arzt!«, ruft die Baronin plötzlich aus und strahlt mich fröhlich an. »Er hat Recht gehabt!«

»Hä? Womit?«
»Ich dachte, ich sei schwer herzkrank. Seit einer Woche leide ich doch unter Atemnot. Der Arzt meint, das sei alles nur Einbildung. Ich Wirklichkeit wäre ich kerngesund.« Sie schüttelt den Kopf. »Unglaublich: Der Mann hat Recht! Hier, fühl mal!«
Sie nimmt meine rechte Hand und legt sie auf ihr Herz.
»Fühlst du, wie es schlägt? Ganz normal! Dabei bin so aufgeregt, dass es eigentlich galoppieren müsste. Und meine Atmung ist auch nicht sonderlich beeindruckt von der Gefahr, in der wir schweben. Na, was sagst du dazu?«
»Müssen wir jetzt unbedingt über Ihre Gesundheit reden?« Ich reiße meine Hand los. »Denken Sie lieber darüber nach, wie wir wieder an Land kommen sollen.«
»Gar nicht, junger Mann!«
Die letzten Worte stammen von dem Boss mit den grauen Löckchen, der zusammen mit dem Kapitän, Horst und Pablo an Deck erscheint. Er trägt einen Pelzmantel und hält eine dicke Zigarre zwischen seinen Wurstfingern.
»Was haben Sie mit uns vor?«, schnauzt ihn die Baronin an.

»Das hängt davon ab, was Sie mir zu erzählen haben«, erwidert der Boss gelassen. »Was wissen Sie von uns?«
»Gar nichts!«, antwortet die Baronin.
»Ach nee!« Er schnappt sich ihre linke Hand. »Und wie kommt dieser Diamant an Ihren Finger?« Er zieht ihr den Ring ab. »Raus mit der Sprache!«
Die Baronin schweigt hartnäckig, worauf Horst dem Boss anbietet: »Wenn Sie wollen, kann ich die beiden zum Reden bringen.«
»Bring sie lieber zum Schweigen.«
»Wie denn?«, fragt Horst.
»Lass dir was einfallen. In zwei Stunden steigen wir um auf meine Yacht. Bis dahin ist die Sache geregelt, verstanden?«
Der Boss dreht uns den Rücken zu und will verschwinden. Da packe ich ihn verzweifelt am Ärmel und brülle: »Lassen Sie uns leben! Dann erzähle ich Ihnen auch alles!«
Er fährt herum und brüllt zurück: »Rühr mich nicht noch mal an, du Giftzwerg! Und jetzt sag mir sofort, was ihr wisst.«
»Halt den Mund!«, ermahnt mich die Baronin, doch ich höre nicht auf sie.
»Wir haben eine Tüte Nachos gekauft«, sprudle ich

drauflos. »Und da war dieser Ring drin. Wir sind Detektive, die Baronin und ich. Darum wollten wir unbedingt rausfinden, wieso ein echter Ring in der Tüte war. Von dem Mann im Laden erfuhren wir von der Tätowierung auf seinem Arm.« Ich zeige auf Horst. »So kamen wir ins *Serafina.* Und der schwarze Kombi mit der Aufschrift auf der Tür brachte uns auf die Zöbel GmbH und die *Señorita.* Mehr wissen wir nicht, ehrlich! Glauben Sie mir! Wir haben keine Ahnung, was für Geschäfte Sie betreiben.«

»Ihr wisst also nicht, dass wir Diamanten schmuggeln?«, fragt der Boss argwöhnisch.

»Nein!«, beteure ich.

»Und dass wir in mindestens dreißig Nachostüten echte Ringe stecken?«

»Nein!«, wiederhole ich. »Davon hatten wir keine Ahnung.«

»Aber jetzt wisst ihr es!«, sagt der Boss. »Allerdings nicht mehr sehr lange«, fügt er kichernd hinzu und verschwindet wieder unter Deck, gefolgt von seinen drei lachenden Begleitern.

»Herzlichen Glückwunsch!«, faucht die Baronin, als wir alleine sind. »Du hast uns soeben um Kopf und Kragen geredet.«

»Die würden uns auch zum Schweigen bringen, wenn wir weiter geschwiegen hätten.«
»Das kann man nie wissen.«
»Und jetzt?«
Die *Señorita* hat das Hafengebiet noch nicht verlassen. Wir könnten um Hilfe schreien, aber außer ein paar Möwen würde uns vermutlich niemand hören.
Gedankenversunken starrt die Baronin auf das Wasser. Ob sie das Gleiche denkt wie ich?
»Ich hab Recht, stimmt's?«, murmle ich tonlos. »Die werden dafür sorgen, dass wir als Fischfutter enden. Sobald sich das Schiff draußen auf hoher See befindet, landen wir im Wasser.«
»Es sei denn, wir landen jetzt schon drin! Los, komm!«
Sie legt einen Arm um meine Schulter und schleift mich mit zur Reling.
»Kannst du schwimmen?«
»Warum?«, frage ich zurück und schaue dabei entsetzt auf die Wellen.
»Ja oder nein?«
»Warum?«, wiederhole ich doppelt so laut. »Sie wollen doch nicht etwa –«
»Ich will nicht, aber ich muss! Und du auch!« Die

Baronin klettert über das Geländer und wirft mir dabei einen aufmunternden Blick zu. »Hab keine Angst! Ich war mal Rettungsschwimmerin!«

»Wirklich?«

Sie nickt und greift nach meiner Hand. »Auf drei springen wir. Lass mich nicht los, verstanden?«

»Moment mal!«

»Nun klettere schon rüber!«

Das muss ein Traum sein. Na klar – das ist ein Traum! So wie der von meinem grandiosen Judokampf im *Serafina*, wo ich Horst und seine Kumpel nacheinander auf die Matte legte. Ich kann unmöglich in Wirklichkeit mit der Baronin auf einem südamerikanischen Frachter stehen, bedroht von ein paar hundsgemeinen Verbrechern und kurz davor, ins Hamburger Hafenbecken zu springen.

»Mach schnell!«, ruft die Baronin.

Okay, sage ich mir gelassen. Nur ein Traum! Also warum nicht über das Geländer klettern, um einen kleinen Bauchplantscher ins dreckige Hafenwasser zu machen?

Kaum bin ich neben der Baronin angekommen, zählt sie: »Eins! Zwei! Drei!«

Schwer zu sagen, welcher Schrei lauter ist, der von der Baronin oder meiner. Jedenfalls brüllen wir wie verrückt, als wir uns von der Reling ins Wasser stürzen. Eisig kalt sind die Fluten, in die wir eintauchen. Nur wenige Sekunden bleiben wir unter Wasser, aber die kommen mir vor wie eine halbe Ewigkeit. Nachdem wir uns zurück an die Wasseroberfläche gekämpft haben, trauen wir kaum unseren Augen: Über uns schwebt ein Polizeihubschrauber – und links von uns steuert ein Boot der Hafenpolizei auf uns zu.

»Halte durch, mein Junge!«, beschwört mich die Baronin. »Die fischen uns gleich raus. Hast du Angst?«

»Nö«, schwindle ich. »Sie sind doch Rettungsschwimmerin.«

»Stimmt. Aber es ist schon ziemlich lange her, seit ich zum letzten Mal geschwommen bin.«

»Wie lange denn?«

»Etwa 47 Jahre, wenn ich mich nicht irre ...«

Kapitel 13

»Hatschi!«, begrüßt mich die Baronin, als ich am übernächsten Tag unangemeldet bei ihr auftauche.

»Hatschi!«, antworte ich.

Lachend bittet sie mich ins Wohnzimmer.

»Ich koche uns einen Erkältungstee«, schlägt sie vor. »Der schmeckt zwar wie eingeschlafene Füße, aber dafür hilft er vielleicht gegen unseren Schnupfen. Oder möchtest du lieber einen anderen Tee?«

»Hatschi!«

»Tja, im Februar sollte man lieber nicht im Hafenbecken schwimmen gehen«, meint sie schmunzelnd und verschwindet in ihrer winzigen Küche.

»Das war lebensgefährlich!«, rufe ich der Baronin hinterher. »Der lange Kerl von der Hafenpolizei sagte zu mir, es wäre Wahnsinn gewesen, bei diesen Temperaturen ins Wasser zu springen.«

»Ich wusste, dass uns schnell jemand rausfischen würde«, ruft die Baronin zurück. »Da waren doch

zig Schiffe unterwegs. Hast du schon den Zeitungsartikel gesehen? Er liegt auf dem Tisch.«
Ich lasse mich aufs Sofa fallen und greife nach der Zeitung. Ja, den Artikel hat mir mein Vater heute Morgen schon vorgelesen. Weder von der Baronin noch von mir ist darin die Rede. Dafür wird Antonio Torresto wie ein Held gefeiert.

BLINDER PASSAGIER ALS AUGENZEUGE
lautet die Überschrift. Daneben prangt ein großes Foto von Antonio, der inzwischen mit seinem Vater zurück nach Hause geflogen ist.
Mit Hilfe des zwölfjährigen Antonio T. aus Lissabon gelang der Polizei ein wichtiger Schlag gegen den Diamantenschmuggel. In Chipstüten verpackt transportierte eine Bande jahrelang wertvolle Edelsteine nach Europa. Dem kleinen Antonio, dessen Vater als Taxifahrer in Hamburg lebt, ist es zu verdanken, dass dem Schmugglerring das Handwerk gelegt werden konnte. Er wird im kommenden Prozess als Augenzeuge der Anklage aussagen.
Zum Schluss heißt es: *In einigen Jahren möchten Antonios Eltern ein kleines Hotel an der Algarve eröffnen. Mit der Belohnung in Höhe von 25.000 Euro sind sie ihrem großen Traum ein kleines Stückchen näher gekommen.*

»Na, hast du das gelesen?« Die Baronin stellt zwei Teetassen auf den Tisch. »25.000 Euro Belohnung! Und wir beide gehen leer aus!«
Nicht ganz …
Gestern in der Schule hat Bianca wieder mit mir geredet. Murat hat ihr und wahrscheinlich auch dem Rest der Schule erzählt, wie die Baronin und ich die Schmugglerbande zur Strecke gebracht haben. Bianca erkundigte sich besorgt, ob ich den Sprung ins Wasser unverletzt überstanden habe. Ich nickte und nieste. Außer einer Erkältung hatte mein Ausflug ins Hafenbecken keine weiteren Folgen.
»Bist du nicht sauer wegen dem Artikel?«, fragt die Baronin.
»Nicht so sauer wie Murat.«
Sie guckt mich erstaunt an. »Murat? Was hat der denn mit der Schmugglerbande zu tun?«
»Gar nichts. Er ärgert sich über Antonios Foto.«
Jetzt versteht die Baronin überhaupt nichts mehr. »Wieso denn das?«
»Weil seine Tante Fadime Antonios Foto auch gesehen hat. Und sie ist so begeistert von ihm, dass sie nächsten Monat, wenn sie in Portugal zu tun hat, unbedingt Bilder von ihm machen will. Fadime ist

Fotografin. Sie glaubt, dass Antonio Model werden könnte.«

»Und was hat das mit Murat zu tun?«

»Na ja, letzte Woche dachte er, er könnte auch Model werden. Doch nachdem seine Tante Antonio gesehen hat und er sich anhören musste, wie sie von ihm schwärmt, hat er seine Modelkarriere beendet, ehe sie richtig angefangen hat.«

»So ein Spinner!«

Der Wasserkessel fängt an zu pfeifen. Die Baronin geht in die Küche und kommt kurz darauf mit der Teekanne zurück. Kaum hat sie sich neben mir auf dem Sofa niedergelassen, klingelt es an der Tür.

Seufzend steht die Baronin auf. »Das sind bestimmt wieder zwei Gangster, die uns entführen wollen.«

Irrtum: Es ist Herr Hoffmann, der von der Baronin kurz und schmerzlos abgewimmelt wird.

»Ich habe Besuch«, höre ich sie in der Diele brummen. »Was soll das sein?«

»Nur eine Aufmerksamkeit.«

»Danke! Wiedersehen!«

Sie knallt die Tür zu.

»Sieh dir das an, mein Junge!« Mit empörter Miene rupft sie rosa Geschenkpapier von einer kleinen

Packung. »Eine kleine Aufmerksamkeit!«, schnaubt sie wütend. »Was soll diese ewige Schenkerei? Ist denn das ganze Jahr Weihnachten?«

»Was hat er Ihnen denn diesmal in die Hand gedrückt?«

»Hustensaft!«, schnaubt die Baronin und nimmt die Packung genauer in Augenschein. »Gegen schwere Bronchitis. Also das ist ja wohl eine Unverschämtheit! Sehe ich irgendwie krank aus? Nein, ich bin kernge– Hatschi! Hatschi! Hatschi!«

Lachend fällt sie neben mir aufs Sofa.